KB136062

한국문학공간의
언어와 재현 구조

사랑의 미메시스

정훈

비평의 바다 4

두두

머리말

사랑과 절망을 넘어서

두 번째 비평집을 엮고 나서 곰곰이 생각해보면, 이러다가 여느 비평가들처럼 나도 '말들의 배설'에 한몫 거드는 사람이 되는구나, 그래서 돌이켜볼 때마다 왜 쓸데없는 짓거리를 벌였을까 하는 회한이 밀려오기도 하겠다. 언급한 '여느 비평가들'이라 해서 문단의 비평을 담당하는 이들에 대한 냉소가 아니다. 그리고 책을 발간하는 일 자체를 두고 소위 '종이 낭비' 운운하는, 입에 발린 소리 비슷한 푸념을 늘어놓는 것도 아니다. 마흔한 살에 첫 평론집을 냈고, 쉰이 되어서야 두 번째 평론집을 내는 일 - 이 사실은 필자에게는 왠지 말로 설명하기 힘든 심사를 불러일으킨다 -, 그 사이 9년 동안 책을 내지 않았다고 해서 나 또한 말들을 배설하지 않았을까. 그러니 '말들의 배설' 또한, 어쩌면 저자 서문을 쓰기 위해 운을 떼려 용을 쓰는 가운데 튀어나온 빈말일 가능성이 높다. 아니 빈말이다. 그러고 보면 이 세상에 빈말 아닌 게 별로 없는 듯하다. 빈말은 공허한 말이고 별로 실속이 없는 말이다. 그런데 이 공허하고 실속 없는 빈말일수록, 아니 작정하고 내뱉든 말 그대로 생각 없이 내뱉든 '말'은 어떤 반향을 불러일으키게 되어 있다. 완전한 침묵도 마찬가지다. 발화되지 않는 '생각'만으로 고여 있는 상태라고 해서, 그 침묵의 주체와 상대하는 어떤 대상이 아무런 반응을 보이지 않는 건 아니다. 침묵도 침묵을 불러오고 말도 말을 데려온다. 운이 좋게도 나는 말 중의 말, 그러니까 전문적으로 말을 빚는 사람인 시인들의 말을 눈과 귀로 보고 들으면서 그 말에 대한 반향을 이십 년 가까이 보여줬다. 시의 말을 가만히 들여다보며 시인과, 시인의 상념과, 그리고 시인이 그리는 현실을 찬찬히 숙고할 기회를 잡은 일 자체가 어찌 보면 비평가의 환희에 찬 숙명 이전에 내가 마주한 영광의 길이 아니었을까 자문한다.

작품에 대한 언어적 반응이 넓은 의미에서 비평의 기능이라고 한다면, 비평은 일종의 미메시스적 메커니즘에 작품과 동참하는 일이 된다. 모든 해석과 평가는 환상의 그물에 걸려드는 일이다. 환상, 그렇다. 어떻게 해서 작품이 스스로 그려 놓은 언어의 무늬에 메스를 가할 수 있겠는가. 그러니 '비평'이라는 자의식을 잠시 옷걸이에 걸어두고 알몸의 피부로 작품을 어루만지고 킁킁 냄새를 맡고, 그리하여 작품의 촉감을 온 뇌세포를 통해 향수하는 일이 우선시 되어야 하지 않을까. 이런 물음은 나로 하여금 이루 말할 수 없는 사유의 질량과 부담을 안겨다 준다. 마치 미로를 헤매듯, 분명 눈앞에 있는 말들인데 다가갈수록 뿌예지거나 저만치 물러서는 언어의 표정에 쉽사리 절망해서이다. 분명히 오른쪽을 가리키는 듯 보였는데, 다가서니 왼쪽을 가리키는 것 같았다. 물구나무서서 춤을 추는 듯 현란하면서도 난해한 언어였는데 자세히 들여다보니 소박한 옷차림과 정연한 걸음걸이로 숲으로 난 길을 걷고 있었다. 이는 무엇을 말함인가. 작가의 작품이나 비평가의 해석에는 정답이 없다는 식의 뻔한 통념을 말하는 게 아니다.

지금까지 내가 지녔던 말에 대한 오해, 혹은 작가에 대한 편견을 불태워버리고, 말이 제공하는 무궁하면서도 신비로운 영역을 다시 한번 눈을 씻어 바라보고 싶은 마음의 결과가 이번 평론집에 실린 글들이다. 문화의 초석이라 할 수 있는 말과 글은 분명 어떤 지향점을 품고 있다. 주제나 사상, 혹은 작가의 세계관의 표현도 그 지향점에 포함되겠지만 더욱 중요하게 여겨야 하는 게 바로 언어와 작가와 세계가 작동하는 메커니즘이다. 이는 작가가 의도하지 않은 채 이루어진다. 무의식이나 심리적 알리바이를 말하는 게 아니다. 작가의 언어는 반드시 무엇을 매개로 해서, 혹은 모상을 관념적으로 재현하는 방식으로 표현되거나 형상화된다. 이 과정에서 끼어드는 것이 바로 욕망이다. 아니, 욕망이 선재하고 언어의 모상 재현이 이루어진다고도 할 수 있다. 비평은 이러한 미메시스의 메커니즘에 들앉은 작가의 욕망구조와, 그것이 어느 정도 응축되거나 해소되었을 때 작가가 선택하는 미학적 기대지평의 속살을 들춰내야 한다. 하지만 이런 '선언적' 비평의 자세를 아무리 내세운들 텍스트라는, 언어의 밀림 앞에 서면 비평의 원점으로 되돌아온 자신을 발견하게 된다. 다시 말해 텍스트는 늘 예기치 않은 곳을 바라보고, 지향하면서, 가뭇없는 무늬를 남긴다. 이 무늬는 언어가 스스로 만들어 낸 흔적이요 생채기다. 우리가 작품을 읽고 해석하는 의미층이나 감성의 단층은 언어가 생성한 무늬의 일부에 지나지 않는다. 그러므로 작품을 읽는 일은 무수한 배반과 삭제와 선택을 통해 거른 말의 표정을 바라보는 일에 진배없다.

작품을 읽는 일은 작가가 짜 넣은 세계와 언어의 공간에 관여하는 작업이다. 여기서 비평가의 욕망구조가 작동한다. 따라서 비평행위는 비평가의 욕망구조가 은밀하게 침투하며, 작가의 욕망구조를 교란하고 작가의 욕망구조와 충돌하는 곳에서 생산되는 춤사위다. 그렇다고 칼춤이 되어서는 곤란하다. 이는 작품 해석과 평가를 넘어서 텍스트를 난도질하고, 그래서 비평가가 애초에 구상한 '사유의 침대'에 작품을 욱여넣는 '프로크루스테스의 침대'를 자처하는 일이 되고 만다. 우리 비평이 지금까지 독자들에게 외면받은 가장 큰 이유가 바로 이것이었다. 펜대에 힘을 주고 과잉된 자의식으로 텍스트를 움켜쥔 데서 비롯하는 비평적 권위는 정작 텍스트의 결을 일그러뜨리고, 텍스트의 목소리를 틀어막아 비평가의 입맛에 맞게 변형된 텍스트 해석으로 독자 앞에 차려놓았기 때문이다. 따라서 독자들은 대개 텍스트만을 선호하고, 그 텍스트에 대한 비평은 소홀히 대할 수밖에 없다. 성가시기 때문이다. 비평이 난해한 까닭도 연유하지만, 독자의 텍스트 독법에 사사건건 간섭하고 금을 긋는 듯한 비평언어에 독자들이 기겁했기 때문이다. 하지만 어떻게 생각해보면 모든 비평언어가 태생적으로 지니는 숙명이 바로 메타담론의 형식을 가장한, 작품에 대한 훈수가 아닐까 하는 의구심도 드는 게 사실이다. 그런데 훈수라니! 이만한 망발이 또 어디 있겠는가. 작가를 두고 비평가가 한 마디 던질 수는 있지만, 텍스트의 신비한 물결을 두고 창백하면서도 날 선 언어로 말의 윤슬에 돌팔매질을 해댈 수는 없는 노릇이다.

참으로 오랫동안, 말의 고통을 감내하며 텍스트를 들여다보노라면, '작가'라는 실존이 어떤 표정으로 이 세계와 대화를 나누려는지 희미하게나마 드러나는 경험을 한다. 현대가 인간들에게 불가지(不可知)의 세계와 혼란과 불안을 안기는 만큼 시인의 언어는 대체로 분열되어 있는 게 사실이다. 시가 온전히 시인의 마음을 반영하지는 않는다. 시인의 내면을 일정하게 표현하는 속에 말이 자율적으로 횡단하는 지점을 살펴보고자 하는 욕망이 나로 하여금 희열과 환희를 느끼게끔 했다. 타인의 속내를 넌지시 들여다보는 기쁨보다도, 말들이, 저들끼리 충돌하고 거역하고 미끄러지고 흘러가고 달아나는 모양이 참으로 신비하면서도 비평적 탐구열을 불러일으켰다. 비평과 같은 메타언어도 마찬가지다. 나는 말이 스스로 말을 하는 자리에 퍼질러 앉아, 그 희한한 광경에 넋을 잃고만 싶었다. 이러한 비평적 치기가 어쩌면 끝내 펜을 놓지 못하게 하는 감로수가 되었음을 고백한다.

아, 그래 나는 고백하고 싶었다. 글쓰기는 나를 표현하는 여러 방법들 가운데 어쩌면 가장 진솔하고 가장 홍에 겨운 실천이요 행위였음을 고백한다. 텍스트를 매개로 나도 몰랐던 내 속내를 확인하는 일만큼 경이로운 사실이 또 있을까. 두레박으로 계속 퍼올려도 마르지 않는 샘처럼 내 속에 끊임없이 생겨나는 갈증의 대상이 무언지 지금도 가물가물하다. 아마 죽을 때까지 껴안고 가야 할 내 실존의 궁금증이요, 호기심일 터다. 애초 무엇이 있었길래 말로 빌어 쓰고(말씀) 글로 빌어 쓰는(글씀) 것일까. 작가는 표현의 욕망에 결국 굴복한 나약하지만 고귀한 존재다. 비평가는 그 작가의 운명을 수긍하고, 그럼으로써 고독한 작가의 운명에 동참하는 동반자가 아닐까. 이 두 존재가 손을 맞잡고 함께 걸어가는 길은 험난하고도 가파르다. 그런데도 나는 분명 틀림없이 행복하리라 본다. 맞잡은 두 손에 송글송글 맺혀 피부를 적시는 땀방울은 이 세계와 힘겹게 싸우고 겨룬 흔적이자 자국이 아니겠는가. 작가의 눈길과 비평가의 눈길이 교차하는 좌표에서 둘은 부둥켜안고 아이처럼 환호성을 지를 것이다. 해답이 묘연한 이 세계에서 글쓰기로 함께 하는 짧은 시공간의 터가 바로 천국이 아닐까. 각자의 포즈와 마음으로, 또한 제각각 다양한 곡절로 '천국의 전장'에 나선 것이다. 여기에서 우리는 결코 증오의 짝패가 되어서는 안 되겠다. 그렇다면 사랑? 분명히 말하자면 우리에게 사랑은 필요하되, 완전히 제거될 길이 요원한, 증오와 시기와 원한을 야기하는 욕망의 시스템을 스스로 멈출 각오가 되어 있어야만 한다. 아니다. 이 문제는 사사로운 개인의 선택의 문제가 아니다. 그렇다. 나는 상상의 세계로 훌쩍 날아 들어가 현실의 입술을 빌려 이 말을 하고 있는지도 모르겠다. 그렇다면 나는 정신분열과 해리성 장애를 앓고 있음에 틀림없다.

한국문학공간에 펼쳐진 언어와 재현의 구조를 다양한 텍스트를 분석하는 중에 더러 발생한 시각의 편차와, 때로는 제동장치 없는 비평적 글쓰기에 빠져 나 자신조차 이성을 추스르기 힘든 글들이 있었음을 밝힌다. 그러므로 여기에 실린 글들은 오로지 이 저서의 부제에 통일되어 있는 '질서화된' 텍스트는 아니다. 기도하듯 글을 쓰고 싶었지만 애초의 마음은 온데간데없고 지치고 헤진 정신의 깃발만이 누추하게 바닥에 뉘어 있음을 확인하곤 절망에 빠지기도 했다. 그러나 절망 뒤에 찾아오는 무언가가 있기에 또다시 글을 쓸 수가 있었다. '무언가' 나에게 찾아와선 조용한 소리로 속삭이며 내 몸을 톡톡 건드리는 것이다. 이는 말로 설명할 수 없다. 내 삶을 부추기고 일으켜세우는 그 목소리가 없다면 글쓰기는 언감생심 꿈도 꿀 수 없었으리라. 수많은 이가 애타게 바랐고 소망했던 가치가 있다면, 아마도 사심 없는 사랑일 것이다. 그런데 고약하게도 나는 사랑을 바라지 않았다는 사실을 또 기억해야만 한다. 따라서 언제든 고꾸라질 수가 있다. 폐허에 엎디어 메마른 흙과 돌멩이, 그리고 누군가 흘리고 갔을 몹쓸 그리움을 온몸으로 감싸 안은 채 낮은 포복을 하듯 앞으로만 나아가야 한다. 그 모양이 실존의 잔혹한 몸부림이 되었건 황폐해진 정신을 스스로 치유하는 괴벽이 되었건 상관하지 않겠다. 가다 보면 목이 마를 테고 허기도 질 것이다. 이미 떠난 사람들이 미처 잣지 못한 옷감을 요리조리 매만지다 보면 희한하게도 엇비슷한 무늬를 새기고 있었음을 발견하게 된다. 그러니까 나도 별수 없이, 새기다 만 무늬에 선을 보태거나 시침질을 해댈 뿐이라는 사실을 깨달아야 한다. 이 평범한 진실을 알기까지 겪었던 숱한 방황과 고민들은 이제 털어버리기로 한다.

모자란 책에 날개를 달아준 호밀밭 출판사 장현정 대표님과 편집자 박정오 선생님, 그리고 멋진 디자인으로 엉성한 종이 뭉치를 단장해주신 디자인팀의 최효선, 전혜정 님에게 고마움을 전한다.

2020년 9월. 부산항이 내려다보이는 동영로에서

제 3부

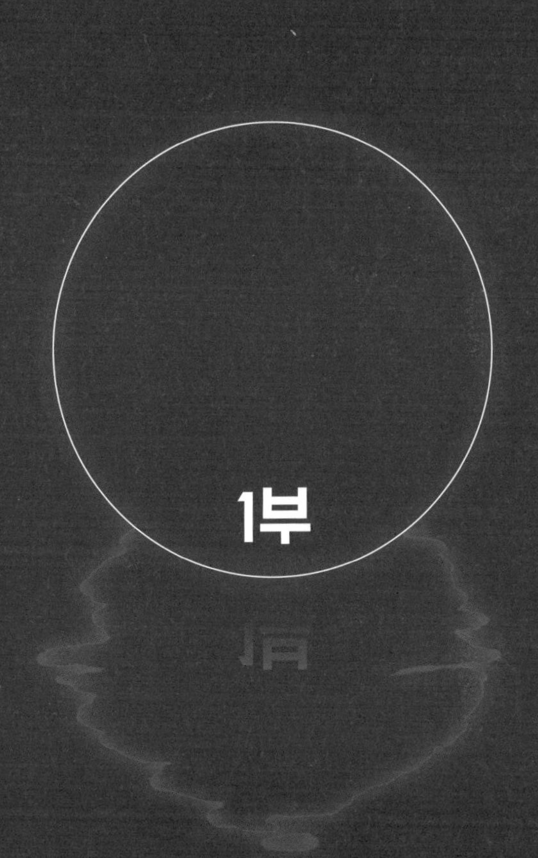

1부

고현철의 비평은 동시대를 숨 쉬는
시인의 사회의식에서 생겨나는
미세한 분열증이나 균열의 징후를 포착하며,
이러한 부정성이 발현하는
당대의 위기적 정황을 탈근대의 시선에서 분석한다.

업둥이 비평의 운명
- 고현철 비평이 남긴 숙제를 생각하며

1.

'불가항력'이라는 말이 주는 어떤 함의에 대해서 언급하는 것으로 이 글을 시작하자. 고현철 교수의 투신자살[01]이 외부의 시각으로 볼 때 헤아리기 힘든, 주체의 불가항력적인 의지요 실천이었다는 점을 먼저 받아들이는 게 순서인 것 같다. 아주 슬픈 방법이었지만, 그것이 '고현철'이라는 인간적 주체가 마침내 선택할 수밖에 없는 단 하나의 길이었다면 어쩔 도리 없이 우리는 그 길이 비록 비극적이지만 인간의 숭고한 선택으로 이해해야 되겠다. 하지만 '이해'하는 것과 '받아들이는 것'사이에는 커다란 간극이 있는 줄 안다. 이는 사회적 실천 속에 잠재된 동기와 의도를 지성으로 헤아리는 것과, 그 속내가 무엇이었건 그의 마지막 삶의 '형식'을 수락하는 것 사이의 차이다. 이성과 감성이 혼재하면서 복잡하고 미묘한 정서적 반응을 불러일으키는 주체의 존재방식, 이것이 존재가 세계를 향해 내지르는 야릇한 외침이자 반응 형식일 것이다. 하지만 이도 어차피 '불가항력'이라는 실존적 테마로 수렴할 수밖에는 없다. 필자는 그의 고귀한 죽음으로 미완에 그친 비평 세계의 속살을 들여다보고자 하나, 그가 기획하고 의도한 비평적 주제를 감당하기에는 역부족이라는 점을 고백하련다.

2.

1991년에 〈오늘의 문예비평〉으로 비평 활동을 시작했으니, 25년이라는 사반세기 동안 이루어진 그의 비평 세계는 미시적으로는 현대시의 구체적인 분석으로부터 거시적으로는 탈근대 담론의 일환으로 현대시의 면모를 재해석·재평가하는 데까지 나아갔다. 담론과 작품에 대한 실제비평이 스며들면서 서로를 에워싸는 작업은 우리 시대 비평의 흔한 모습이다. 고현철의 비평 역시 그가 받아들인 담론의 영역에 대한 이해와 수용을 바탕으로 현대시의 맥락과 징후를 간파하려 했다. 그에게 시는 단지 비평 대상으로서 '작품'으로만 놓인 게 아니라 시인의 실존적이고 사회적인 고민의 총체를 드러내는 언어의 문제적인 흔적이다. "고뇌에 찬 시인이여, 그저, 희망을 보여주는 고뇌가 되기만을 빌 뿐이다."[02]라는 주문에서 시인의 고뇌가 지닌 사회적 의의를 수용하고, 시로써 드러나는 시인의 세계의식이 인간 공동체에 어떤 식으로든 긍정적인 기여를 가능하게 하는 바람을 짐작하는 것이다. 고뇌이되 희망을 전제하지 않으면 말짱 헛것이란 뜻이다. 그가 1990년대 한국시의 해체적·메타적 시 경향에 부정적인 시각을 보여주지 않은 까닭은, 시의 형식 실험이 지닌 능동적인 기능을 충분히 인정했기 때문이다. 시 형식의 다양성을 시험하는 경향 자체가 이미 달라진 시대와 사회에서 시의 존재성을 회의하며 반성적인 행위의 깊이와 넓이를 가늠하고 시도하는 것이기에 그렇다. 1980년대부터 확인된 한국시의 자생적인 기류는 몇몇 특징적인 경향을 보였던바, 이들 '전위'적인 시가 행한 실험적인 요소는 시인의 의식이 포스트모더니즘의 시대 조류에 승

차한 것과 관련된 '거대 담론의 폐기'가 아니라 오히려 점점 속악하고 불온해진 시대적 풍경에 시의 원점을 다시 확인, 반성하고 회의하는 전략에서 비롯되었다는 점을 기억하자. 고현철이 1980~90년대 시의 두드러진 형식적 도발에 의의를 매긴 점은 바로 이 지점이었으며, 자기반성적 의문과 의심에서 출발하지 않는 시의 단순한 형식 실험은 그에게는 다만 유희적인 차원으로 머물 뿐이다.[03]

3.

시의 옥석을 가리는 일 못지않게 중요한 비평의 기능 가운데 하나가 시에서 시대의 징후를 읽고 이의 현실적 가능태를 펼쳐 보이는 것이라 한다면, 고현철의 비평이 그 작업을 줄기차게 수행했다고 본다. 여기에는 전제가 있다. 즉, 시가 시인만의 자족적인 유희나 자기애적인 함몰에서 비롯하는 폐쇄적인 언어 양상이 아니라, 근대가 낳은 부정적인 속성을 인식하고 이에 어떤 형식으로든 반응하는 창조적 예술 행위로서 시의 진정한 사회적 실천을 인정하는 것이다. 사회적 실천으로서 시가 시인이 의지하고 몸담은 세계와 분리할 수 없는 것과 마찬가지로 비평 역시 비평가의 유토피아적 세계 전망과 동떨어질 수 없는 법이다. 고현철의 비평이 견지하는 부분이 이것이다. 그의 비평은 동시대를 숨 쉬는 시인의 사회의식에서 생겨나는 미세한 분열증이나 균열의 징후를 포착하며, 이러한 부정성이 발현하는 당대의 위기적 정황을 탈근대의 시선에서 분석한다. '어떻게'라는 시적 방법론에 대한 중요성의 역설과 함께, 고현철 비평이 주력했던 것이 '무엇을'말했는가 하는 '주제의식'의 영역이다. 여기에서 시인은 현대사회의 한계 상황에서 체험한 자기분열의 실상을 고스란히 말하는 방식으로 시를 쓰고, 아울러 시에 들어있는 시인의 목소리를 탈근대 담론의 일환으로 변용하여 비평 작업을 수행하는 비평가의 이미지를 떠올릴 수 있을 것이다. 현대사회의 위기적 징후를 시인이 몸소 체험하면서 시적 이미지로 형상화하는 일련의 시들에서 그는 시인과 세계, 그리고 물질문명의 현대적 위기에서 배태하는 정신적 분열이 융합해서 드러내는 국면을 응시한다. 이들 세 차원은 예술작품이 당대성과 창조적 해석을 일으키는 성분을 포함하고 있다는 자각에서 비롯할 것이다. 작품의 유기체적인 생명성은 시와 세계가 맺는 관계성에 이어져 있다. 그가 생태주의와 탈식민주의의 시학을 줄곧 천착해왔다는 사실을 상기하자.[04]

고정되고 편협된 인간중심주의의 시선을 지양하고 세계의 관계성을 중시할 때 근대가 자행해 온 세계와 인간의 파탄적인 폭력성을 재확인하게 된다. 고현철은 탈근대 담론이 제기하는 문제의식을 공유하면서 우리 시가 보여주는 여러 모순적인 양태들을 분석했다. 그의 목소리는 딱딱할 정도로 메마르지만 문체 속에 내재한 인간에 대한 믿음은 한결같았다. 믿음이 깔리지 않은 비평은 회색의 논평에 지나지 않듯이, 이와 마찬가지로 온정에 매몰된 정실비평 의식을 버리지 않는 비평은 그가 일관되게 강조한 바 있는 탈중심주의의 문학적 실천과도 요원한 글쓰기의 행태를 보이는 것이다. '변두리 의식'[05]에서 배태하는 안일한 지역주의에 대한 비판 역시 믿음에서 전제하는 비평의 엄정성 및 객관성과 동떨어질 수 없는 문제다. 이른바 문학은 보편성과 진실성을 보여야 한다는 의미에서 볼 때, 그의 비평은 문학적 진실을 인간과 사회의 구조적·본질적 사유로 이끄는 주요 동기로 작동 시켜 그 진실의 가치를 줄기차게 탐색했던 것이다. 문학과 진실, 이 두 단어가 주는 함의와 효과는 '비평'의 매개를 거쳐 뚜렷해진다. 또한 비평은 문학적 '재현'이 나타내는 의미 양상을 동시대의 지배 담론 및 이념에 저항하고 벗어나려는 실천으로 읽어내는 담화 방식이다. 비평의 고독은 여기에서 비롯한다. 문학의 위기와 함께 비평의 위기 또한 거론되었다. 문화 권력으로서 비평이 누렸던 영광이란 게 도대체 무엇이었는지는 비평가에 따라 천차만별의 반응이 나오고, 그 실체의 유무마저 의심스러운 것이 사실일 것이다. 지역과 중앙(혹은 중심)의 단단한 이분법적인 사고가 팽배하고 거의 고착화되어 있는 한국의 문학판에서 비평의 객관성을 유지하는 일이 어떤 의미를 지닐까. 비평이 비평가의 주관적인 견해를 전제로 하는 것일진대, 비평의 중립과 불편부당한 속성을 우리가 기대할 수 있을까.

4.

이 점은 고현철에게는 비평의 소통과 직결되는 문제이다. 비평의 마니아 현상과 섹트화, 그리고 광고성 비평을 비롯한 인사치레 비평이 초래한 후진적인 문학 현실을 극복하는 일과도 연관되는 것이다. 그는 "비평은 좋은 문학작품을 독자들에게 소개함으로써 독자들로 하여금 이를 통해 삶에 대한 성찰적 관심을 제대로 충족 시켜 주어야"하며 비평의 "줏대와 잣대"[06]를 견지해야 한다고 역설한다. 비평을 어렵게 쓰는 현실에 대한 비평가의 자기반성과 독자의 감성에 무분별하게 편승해서 이루어지는 대중추수주의를 배척하고 비평의 본래 위상에 걸맞은 기능을 떠맡는 일이 오늘날 한국의 문학비평계가 숙고해야 할 실천적인 과제가 되는 셈이다. 그는 이론비평과 실천비평의 결합을 바람직한 비평 작업으로 제시하며, 여기에는 김준오의 비평이 대표적인 전형으로 놓인다.[07] 독자들에게 삶을 성찰하게 하며 깊이 있는 세계인식으로 인도하기 위한 비평을 수행하되, 생경하고 나르시시즘적인 이론적 해명에 치우치지 않고 작품의 생생하고 구체적인 현 상태로 이를 검증·떠받쳐주는 실천비평을 겸해야 하는 것이다. 고현철의 비평적 제안이 다분히 '교과서'적이고 '이상적인' 형태로 제시된 것은 부정하기 힘든 사실이다. 소통을 전제로 하지 않는 글쓰기란 존재할 수 없다. 비평의 생명은 비평가의 작품에 대한 안목과, 작품 속에 숨겨져 있는 이면적인 의미를 전면화하여 이를 문제 해결을 위한 공론의 장으로 이끄는 데서부터 시작한다. 그간 우리 비평이 보여주었던 성과의 측면을 결코 간과해서는 안 되겠지만, 수많은 비평가가 알게 모르게 부정적이고 퇴행적인 비평 관행에 젖어 불성실하게 행해왔던 부분을 극복하기 위해 요구되는 일 중 하나는 비평의 원점에 대한 철저한 숙고에서 찾을 수 있다. 즉 편벽됨이 없는 작품 분석과 문학 장에서 벌어지는 여러 인정적인 친교 의식을 배제한 비평의 중립성 견지, 그리고 우리 시대가 안고 있는 중층적이고 다양한 모순을 해결하는 방안의 하나로 놓여 있는, 작품을 통한 담론의 창출이 그것이다. 그런데 방금 언급한 실천 방안들은 기본적으로 비평가의 날카롭고 예민한 비평의식이 선행하지 않는다면 결코 이루어질 수 없는 희망사항에 지나지 않는다.

5.

수많은 비평가가 비평의 기본 요건과 덕목을 갖추기 위해 고군분투하지만 아직까지도 독자들에게 오랫동안 존경과 앙망(仰望)을 받고 있는 '대형 비평가'가 나오지 않은 이유가 무엇인지 생각한다. 설령 어느 몇몇 비평가가 당대의 문화적 취향 및 분위기와 독자들의 부응에 힘입어 큰 인기를 끌었다 하더라도 한국문화에 지속적인 영향을 주는 존재로 선뜻 여기기 힘든 까닭이 무엇일까. 어떤 영광이나 사회적인 명성을 위해 비평을 하지는 않겠지만, 고현철의 비평을 보며 뜬금없이 이런 생각이 드는 이유는, 어쩌면 그가 생전에 비평 활동을 하면서 큰 산처럼 의지했을 고(故) 김준오 교수의 비평적 업적에 대한 상대적 왜소함을 느꼈으리라는 추측 때문이다. 비평의 우열을 두고 하는 말은 아니다. 고현철이 지적한바 이론비평과 실천비평의 이상적인 만남이 김준오에게 보였다면 그(고현철) 또한 인정하든 그렇지 않든 김준오를 '이상적인 문학비평가'로 설정한 셈이 된다. 고현철 비평의 장단(長短)은 앞으로도 이어지리라 보지만, 그가 평소 글에서든 일상에서든 자주 설파한 대로 비평의 엄정한 줏대와 잣대를 갖추는 일 못지않게 못내 아쉬운 점은 '비평의 숙명'에 대한 고찰이다. 기존의, 혹은 현재의 담론과 이론적 성취는 가져오되 더욱 먼 비평적 운명을 위하여 기지(旣知)의 사고방식을 싹둑 잘라버리면서 비평가 자신의 새로운 비평 철학을 평지 돌출하듯 과감히 제시할 수 있는 용기가 필요했던 것이다. 모든 비평이 공동체의 학적 전통과 결별할 수는 없겠지만, 또한 훌륭한 모든 비평은 비평적 '업둥이 의식'에서 비롯한다. 등 비빌 곳이 저 허망한 공(空)의 바다 말고는 없고 나아갈 곳도 적요한 허공밖에는 없지만 과감히 무거운 발을 들어 올려 디뎌서 앞으로 걸어가야만 하겠다는 비평의 숙명을, 고현철 비평을 되 읽으며 생각한다.

비평의 목소리를 빗겨나가는 시는
아주 나쁜 시이거나,
아니면 비평의 목소리가 감히 흉내 내거나
쳐다볼 수조차 없는 곳에 놓인 시라고 보면 된다.
그러나 한편으로 거의 모든 시는
이 양극단의 사이에 있다.

시가 무엇인지 묻는 일, 혹은 '고쳐 쓰기'의 시론

박태일 교수의 비평집 『시의 조건, 시인의 조건』(케포이북스, 2015)이 나왔다. 이 비평집이 나오기 서너 달 전에 이미 그가 『지역문학 비평의 이상과 현실』(케포이북스, 2014)을 세상에 내놓은 사실을 기억한다면, 아마 앞선 비평 작업과 어느 정도 이음새가 마련되어 줄 것이다. 경남과 부산의 지역문학 연구와 비평 작업을 꾸준히 해온 박태일의 자리가 우뚝하다. 또한 한편으로 등단한 지 35년째인 시인이기도 하다. 그래서 이래저래 그가 걸치고 있는 문학의 언저리가 넓고도 깊을 수밖에 없다. 이번 저서의 중심은 '시'에 있다. 제목에서도 단박에 알 수 있듯이, 그의 눈매는 '시'와 '시인'에 닿는다. 그런데 '조건'이라는 말이 붙어있어서 그런지 언뜻 비평가로서 매서운 잣대를 들이대고 있음을 단박에 알아챌 수 있다. 그가 다루고 있는 평론은 1986년에서부터 최근 2013년까지 거의 삼십 년 가까이 걸친다. 연구와 강의 틈틈이 잡지나 신문에 발표한 글들을 추려 이번 비평집을 묶은 것이다. 비평은 작품을 분석하고 판단하는 일을 목적으로 삼는다. 여기엔 비평가의 작품 해석 능력을 전제로 하고, 또한 작품 해석을 토대로 작품이 놓인 자리를 가늠한다. 읽는 이에 따라서 그 반응이 여러 갈래로 나뉠 수 있는 시에 대해서 말하는 것이니만큼 말하는 자의 주관이나 잣대가 뚜렷해야 하겠다. 그런데 대부분 시에 대한 시각은 이런저런 편차가 있더라도 대개는 엇비슷하다. 이는 '좋은 시'에 대한 생각의 전제를 이루는 밑바탕을 비평가를 비롯한 독자층이 '공유'하고 있기 때문이다. 다시 말해 감동을 불러일으키는 것일진대, 다만 이 '감동'이 어떤 경로와 외관을 거치면서 나오느냐에 따라 시의 진실된 가치가 매겨지는 것이다.

저자에게 보편적인 시가 갖춰야 할 조건은 '우리 시'가 마땅히 갖춰야 할 조건으로 귀결된다. 한국 근대시의 전통에 대한 앎과, 언어의 정수를 얻기 위해 끊임없는 노력과 자기반성으로 산출해내는 시야말로 가치 있는 문학작품으로서 시가 지향해야 할 임무다. 언뜻, 한국의 시 비평가로서 누구나 수긍할 수 있는 논리이지만 시인에게는 이만큼 쉽고도 어려운 일이 아닐 수 없을 것이다. 시인은 극단의 정신이 마주치는 고통과 세계의 상처를 고스란히 떠안은 자이기에, 그가 낳은 시는 싼값에 허투루 소비될 수는 없다. 비평가의 문제의식은 거기에서 시작된다. 이는 문학사회의 역사와 전통에 대한 엄밀한 의식과 시 언어 철학, 그리고 투철하고도 명징한 시 정신을 요구한다. 박태일은 이를 "시의 사회적 정합성"을 위한 세 가지 명제로 정리한다. "첫째, 시는 전통이라는 전사(前史)로 이루어지는 연속성의 결과다. 둘째, 시는 말글 가운데서 가장 고도한 형태다. 셋째, 시는 다른 갈래가 갖추지 못한 자유로움을 지닌 담론 도구다"(「우리 시가 밟아 나갈 세 길」)는 것. 이 명제에 따르면 그가 말하고 있듯이 시란 무엇이고, 또한 시인이 무엇을 어떻게 써야 하는가 하는 문제에 대한 답을 생각하게 한다. 시 전통은 지금의 시가 지나온 자리를 훑는 일 말고도, 앞선 시인들이 지난하게 갈고 닦아 온 시 정신을 우리 말과 글이 지닌 아름다운 언어형식으로 다듬어야 하는 당위를 보여준다. 평지 돌출해서 갑자기 우뚝 서는 시란 존재하지 않는다. 수많은 시인이 거쳐 간 눈물과 회한과, 그리고 구차하고 불온했던 세계였을지라도 앞으로만 정진했던 명징한 시 정신을 스스로 따라가는 자리에서 훌륭한 시가 나온다. 박태일의 눈길이 우리 시의 공시적·통시적 고찰에 닿은 지금의 시에 대한 비판이 매서운 것도 여기에서 연유한다. 가령 우리 말과 글의 고민 없이 손쉽게 쓰인 시나, 하나 마나 한 값싼 정서를 시랍시고 내놓는 몇몇 시인의 행태에 쓴소리를 마다하지 않는 경우다. 이는 시의 새로운 '고쳐쓰기'의 양상으로, 저자가 직접 시를 '손보아'서로 견주는 진술로 자연스럽게 변이되는 것과도 상관한다. 기성의 시를 비평가가 볼 때 좀 더 나은 시로 고치는 일은 당사자가 볼 때 불쾌할 것이다. 복잡하고 엄밀한 시 비평의 담론보다, 어떤 면에서는 시를 고치는 작업은 그 어떠한 지도비평의 입론보다 매섭다.

고쳐 쓰기의 시론은 또 하나의 비평적 방법이다. 이는 시인과 비평가와 시가 나누는 대화이기도 하다. 완전한 시가 존재하지 않는 이상, 시는 냉철한 독자의 손길과 맞닿을 때 새로운 '가치판별'의 마당으로 얼굴을 내놓아야 하는 것이다. 그 옛적 사대부들의 시가 도락(道樂)의 수단으로 놓이거나 자신의 정신적인 염결성을 과시하기 위한 수단에 지나지 않았다면, 오늘날의 시는 비록 시인 자신의 세계관의 특수한 표현일지라도 어차피 독자와 교감하기 위한 은밀한 속내를 숨기고 있는 게 사실이다. 박태일의 비평은 시의 민낯을 문학사회의 구성원들에게 얼마나 효용성 있게 다가갈 수 있는지 말하는 훈수 비평이다. 훈수라 함은 기실 시인의 존재성을 껴안고 보듬는 일이 전제될 수밖에 없다. 그 자신이 시인이기 때문에 이러한 애정이 가능하다. 시와 비평적 감각의 동거로 말미암아 우리 문학 내부에 활개를 치며 오랫동안 곰팡이를 퍼뜨려온 잘못된 습성에 대한 일갈이 가능해진다. 역시 '문학' 이전에 '사람'이 행한 공공연한 구태와 추문이 문제인 것이다. 하지만 시 또한 이러한 공적(公賊)의 울타리에서 결코 자유로울 수는 없는 법이다. 체제가 사람을 만들듯이, 구태의연한 문단 활동이 시를 한갓 의미 없는 말 놀음으로 치장하는 꼴이 되는 것이다. "벌소리를 무게 있는 앎인 양 더듬거리는 시, 시가 되기 위해 안간힘 쓰는 시, 시인으로 나대기 위해 떠드는 시들이 찬 문예지나 그 속의 시인들"(「모멸의 시학」)이 판을 치는 세상에서 제대로 된 문학정신으로 시를 쓰는 시인을 찾아보기가 힘들어진 게 사실이다. 어떻게 생각하면 가혹하리만치 무능하고, 자본주의의 악습에 젖어 든 게 비단 문학뿐만은 아닐 것이다. 아이러니하게도 가장 '순정한' 몸짓과 얼굴을 보여야 할 문학이 그 속내를 파헤치면 현대사회의 추악한 모습이 똘똘 뭉쳐져 있다는 사실에 절망하기도 한다. 이는 '시'가 무엇이어야 하는지 각자 뼛속 깊이 반성하지 않은 결과요, 이런 무책임하고 얼이 빠져나간 채 구태의연한 시작(詩作)을 아무렇지도 않게 답습해 온 작태가 쌓인 꼬라서니인 것이다. 따라서 박태일의 말대로 '좋은 시와 나쁜 시'(이번 저서의 제1부 제목이기도 하다)의 판별이 가능해진다. 박태일은 시가 지녀야 할 덕목으로 "겨레 말글에 대한 이바지, 웃음 창발, 평균적인 문학에 대한 거부, 이타적인 정신"(「시의 길손이 지닐 네 가지 덕목」)을 꼽는다. 그가 든 네 가지 덕목 가운데 '웃음 창발'을 빼고 다른 세 가지는 대체로 모든 문학인이 공통으로 제시하는 요소일 것이다. 즉, 박태일은 우리 시의 '웃음'이 실종된 상황에 한숨짓고 있다. 김지하의 명분에 치우친 웃음이나 박남철의 가벼운 웃음, 혹은 막다른 데까지 나아가지 못한 김영승의 성적인 웃음(「시의 길손이 지닐 네 가지 덕목」)을 넘어선 곳에서 펼치는 '웃음'이 빈약한 한국시의 현실을 지적하고 있다. 그런데, 한편으로 그가 웃음이 실종된 한국시의 원인 가운데 하나를 오랜 "숭문주의 전통"에서 찾고, 웃음을 디딤돌로 삼은 "세련된 말놀이로서 시"를 주문하는 진술은 한 번 생각해 볼 필요가 있을 것이다. 숭문의 전통이야, 어찌 보면 아직도 남아 있는 줄로 안다. 물론 상부계층이나 학식을 갖춘 이들이 전유하다시피 했던 지난날의 시 문화는 사라졌지만 '시'가 지니는 오래되고 낡은 '이데올로기적' 편견이 존재하기에 요즘처럼 너도나도 '시인'이 되고자 혈안이 되어 있다고 볼 수도 있다. 즉 시가 누리는 문화적 권좌는 앞으로도 지속될 듯하다. 이런 풍토에서 웃음 시의 존재방식은 어떠해야 옳을까. 근대에 들어서서 시 창작자의 계층과 문화의 틀이 바뀐 상황에서 웃음 시의 근거는, 잃어버렸던 인간의 건강한 감성을 되찾고자 하는 전 사회적 각성에서 찾아야 할 것이다. "시가 가벼워지면 그만큼 세상을 보는 눈은 다면적이 된다"는 박태일의 말은 어느 정도 타당하지만, 그리고 "가벼워서 훨씬 더 너른 삶 자리를 오갈 수 있다"는 점 또한 당연한 말이지만 그가 말하는 '웃음'이 단지 가볍고 경쾌하게 웃고 지나가 버리고야 말 감정의 차원에 머무른다면 곤란하다. 굳이 '웃음의 정치학'이라는 수사를 빌지 않더라도, 문자화된 모든 웃음에는 사회문화적 무의식과 정치적인 함의가 숨어있기 때문이다. 이를테면 말짱 흔적도 남기지 않고 지나가버리는 감정의 배설물로서 웃음이란 적어도 시에서만큼은 그 의미가 거의 없을 만큼 단순한 소재거리에 지나지 않는다.

돌려 말하자면, 필자는 우리 사회 저변에 깔려있는 어떤 단단한 모순점을 시의 형식을 빌려 해소하려는 몸짓이 필요하다고 웅변하는 듯하다. 그래서 이런 내 오해는 수십 년 동안 문학 연구에 몸바쳐온 한 선비가 오랫동안 한국문학의 적폐를 눈여겨보면서 나름대로 깨닫게 된 '시의 잃어버린 방향'을 제시하려는 의도로 돌리고 싶은 것이다. 이는, 시인이 발 딛고 서 있는 자리의 장소가 지니는 중요한 시적 지점을 설파한 제3부의 맥락과도 관련이 있는 것처럼 보인다. 백석 시의 문학사적 자리를 장소 사랑과 탈근대의 뜻으로 해석하는 논지가 그렇다. "개인의 개성과 민족적 정체성을 자신의 작품 속에 하나로 녹여낸 흔치 않은 본보기를 보여"(「장소사랑과 탈근대의 꿈」)주는 백석 시가 오늘날의 시에게 던지는 메시지를 탐문하다 보면, 결국 또렷한 장소성에서 건져 올리는 시 언어는 시인과 그를 둘러싼 공동체의 생생한 숨결을 되살리는 참된 생명의 시학에 맞닿아 있는 것이다. 복수의 주체들은 민족이라는 한 울타리 안에서 자라나면서 한 나라의 문화적 정체성을 만들어낸다. 이런 과정에서 오롯이 되살려야 할 문화 전통과 정신이 이어지는 것이다. 그런데 우리의 근대가 저지른 수많은 과오 가운데 하나는, 지난 일을 깡그리 잊어버리고 지난 세대가 무책임하게 자행한 잘못을 의식적·무의식적으로 되풀이하는 데 있다. 시 또한 마찬가지다. 우리 시 전통에 대한 맥락과 정서를 무시한 채 '개성'이라는 이름이나 허울로 단지 말장난뿐인 영양가 없는 시를 재생산하는 데서 우리 시의 앞날은 점점 어두워질 것이라는 진단 또한 가능해진다. 박태일이 말하듯이, "오늘 내 시는 이미 존재했던 시가 쓴다"(「우리시가 밟아 나갈 세 길」)는 사실을 생각하자. 영향과 수용을 바탕으로 창조적인 시 쓰기가 이루어진다. 이를 오해하는 쪽에서는 무조건적인 언어 실험만으로 새로운 시대의 창조를 생각하기 십상이다. 하지만 그렇지 않다. 이를테면, 이번 비평집 곳곳에서 작품성이 떨어지는 시를 고쳐 쓰는 대목이 보이는 것처럼, 박태일의 목소리 뒤편에는 비록 남루한 문화 환경이었을망정 보석 같은 시 언어를 토해냈던 시인들의 창작 정신을 곱씹어서 새로이 '고쳐 쓰는'일이 시인 자신을 위해서나 우리 문학을 위해서나 필요한 행위일 수도 있다.

당대의 모든 언어는 기존의 언어를 답습한다. 하지만 새로운 언어는, 기성 언어 깊숙이 들어가서 이를 다시 자신의 언어로 껴안는 과정에서 피어난다. 말의 드높은 위상의 경지에서 승화되는 시에서라면, 전통과 참신이 서로 길항하면서 밀어내는 지점의 경계에서 파르르 떨리는 '무엇'으로 다가선다. 비평은, 그러한 시의 시퍼런 낯을 보며 기쁨에 겨운 나머지 말을 토해내지 않을 수 없는 지경에 이르러야 한다. 박태일의 비평이 그 자리를 꿈꾸고 있다면 어떠할까. 이는 시뿐만 아니라 각 분야에서 여러모로 '기본'을 갖추지 않은 우리 사회의 쓸쓸한 풍경을 떠올릴 때, 아스라한 동경으로만 머무를 수 없는 어떤 절박함과도 만나는 바람일 뿐일까. 시의 조건을 충족하면 곧바로 시인의 조건이 마련되는 것은 아니다. 시와 시인은 미학과 윤리처럼 그 패러다임이 일치하면 더 이상 바랄 것이 없지만 현실은 그렇지 않은 것 같다. 아니 현실은 늘 그렇지가 '못하다'. 따라서 시를 논하는 비평은 언제든지 나올 수밖에 없는 것이다. 비평의 목소리를 벗겨나가는 시는 아주 나쁜 시이거나, 아니면 비평의 목소리가 감히 흉내 내거나 쳐다볼 수조차 없는 곳에 놓인 시라고 보면 된다. 그러나 한편으로 거의 모든 시는 이 양극단의 사이에 있다. 그 사이의 시들이 기실 우리 시의 양분이다. 박태일의 저서는 바로 이 가운데의 시에게 올리는 헌사일 따름이다.

말이 글로 옮겨질 때
글 쓰는 사람이 의식하지 못하는 말들이 삭제된다.
아니 지워져 버린다.
삭제되고 지워진 말들은 무의식 속에 고스란히 저장된다.
없음의 세계로 진입하게 되는 것이다.
지금까지 얼마나 많은 말들이
자신의 언어를 찾지 못하고 배회했던가.
이들의 죽음 속에서 현상된 말이 태어난다.
비평은 사라진 말들을 찾아야 한다.
작품 속에서, 작품이 되게끔 했던
사라진 말들의 고향을 한 번 찾아갈 필요가 있다.

말과 몽상

- 비평에 대한 또 다른 생각

1.

비평이 해결하지 못하는 숙제 가운데 하나는 문학작품이 품은 본질이다. 이 숙제는 영원히 풀지 못한다. 왜냐하면 문학작품은 정제된 '말'로 이루어져 있기 때문이다. 말이 정제되어 있다는 뜻은, 작가의 머릿속을 헤집던 여러 말과 사상(寫像)들 중 의식적으로 취사선택한 말을 작품에 기재한다는 것으로 이해해야 한다. 작가는 말을 선택하고 비평은 그 말을 해석하고 분석한다. 해석과 분석 끝에 자연스럽게 평가가 나온다. 비평의 아포리아는 여기에서 비롯한다. 비평이 놓인 난제를 여기에서 몇 가지로 간추려 제시해보자.

첫째, 작품에 대해서 비평하는 행위는 온전히 독자들에게 전달하는 방식으로 이루어진다. 작가의 말을 독자에게 다시 전달하는 행위 가운데 하나가 바로 비평이다. 따라서 비평은 작품을 이해하는 능력을 필요로 한다. 그런데 오독의 가능성을 염두에 두어야 한다. 다만, 비평이 작품이 전개되는 결을 따라가면서 나름대로 읽게 되는 의미 내용에 대한 진위는 비평의 가치에 온전히 달려 있다. 이의 양상도 여러 가지이기에 우선 오독의 범위나 잣대의 주관성을 배제할 수 없다. 단순히 말하면 비평은 오독의 가능성까지 포함한, 작품에 대한 모든 해석과 평가가 독자에게 전달되는 방식으로 이루어진다는 점을 이해해야 한다. 그런데 오늘날 독자에게 비평은 난

공불락의 글로 놓여 있다. 비평이 어렵다는 말은 예나 지금이나 널리 받아들여지고 있는 것이다. 비평에 대한 이러한 편견은 비평이 메타 글쓰기, 즉 말에 대한 말로 이루어져 있는 데서 생겨난다. 작가의 말이 작품으로서 현상하고, 이 현상으로 드러난 글에 대해 비평 언어가 개입한다. 따라서 지극히 추상적이고 개념적인 언어가 비평이라는 탈을 쓰고 행해지는 것이다. 비평의 난해함은 작품에 대한 분석적 언어가 야기하는 불투명한 말법과도 연관이 있다. 이는 비평의 두 번째 난제에 해당한다.

둘째, 말과 뜻 사이의 관계 양상이다. 뜻을 드러내는 것이 말이다. 특히 작품은 주제나 형식적인 기법과 상관없이 작가가 말하면서 드러내려는 뜻의 총합이다. 뜻의 총합은 말의 덩어리로 드러난다. 작품의 승패는 작가의 뜻을 얼마나 적합한 말로 표현했느냐에 따라 갈린다. 비평은 작가가 나타내려고 하는 말뜻 속에 들어가서, 작품이 드러내는 말뜻의 진가가 얼마나 발휘되었는지 감별해야 한다. 작품성이 떨어지는 글은 작가가 미처 자신의 뜻을 제대로 제시하지 못했거나, 설령 뚜렷한 말뜻을 세웠다고 하더라도 형식적인 언어로 이를 제대로 반영하지 못한 데서 생겨난다. 작품이 상상과 현실의 만남에서 얻게 된 작가의 세계관 및 가치관의 미학적 발현이라 할 때, 이는 작가의 의도가 말뜻의 미학적 형식으로 세상에 알리는 일과 같다. 비평은 이렇게 이루어진 작품의 속살을 어루만져서 독자에게 그 촉감과 느낌을 일러주는 말의 형식이다. 이는 메타언어의 숙명이다.

셋째, 비평언어가 지시하는 궁극적인 대상이다. 작품은 세계에 대해 작가가 응하는 대답이다. 독자와 작품 사이에 생겨나는 교감의 형식을 두고 비평이 왈가왈부할 수는 없다. 비평의 기능은 작품의 세계를 독자에게 친절하게 소개해주더라도 그 독자적인 가치를 잃어버려서는 안 된다. 여기에서 비평이 또 하나의 '작품'으로서 탈바꿈하는 지점이 마련된다. 비평의 메타언어적 기능, 다시 말해 말의 쓰임과 용법 그리고 커뮤니케이션의 최적화에 대한 비판과 아울러 작품이 말하는 것에 대해 진지하게 따지는 일이 병행되면 비평은 단순하게 작품에 대한 해석과 평가의 기능을 넘어서 인간의 창조적 상상력이 만들어내는 또 다른 말의 영역으로 진입하게 된다. 비평 또한 작품이 되는 것이다. 독자의 존재와 말뜻을 헤아리고 분석하는 일, 그리고 또 하나의 작품으로서 비평이 놓이는 관계망에서 아포리아는 비평가의 세계 해석이라는 인문·철학적인 사색과 마주하는 것이다.

2.

말은 생각이다. 생각은 말로써 표현된다. 생각의 영역은 넓지만 말은 이에 비해 협소하다. 하지만 말을 통해 생각의 자락을 유추할 수 있다는 점에서 말은 세계이기도 한 것이다. 그 사람의 말은 곧 그 사람의 세계다. 그리고 말은 로고스요, 질서다. 아무리 복잡하고 난삽한 생각이라도 이를 말과 글로써 표현하면 어느 정도 정리가 된다. 이 세상의 모든 말은 그렇게 태어난다. 하지만 말은 또한 질서와 이성의 뒷면에 감추어져 있는 혼돈의 세계를 귀띔하기도 한다. 무(無)와 공(空)의 세계는 말로써 그 얼굴을 내비친다. 말의 이중적인 기능이다. 그러나 저 혼란스러운 허무의 공간에서 이리 튀고 저리 튀는 생각의 연쇄가 없다면 어떻게 작품이 작품으로서 놓일 수가 있겠는가. 시를 예로 들어보자. 한 편의 시는 말로 이루어져 있지만, 시에서 말하지 않은 것들이 말로 나타낸 시를 창조한다. 말과 말 사이에 하나의 우주가 들어있다. "나 보기가 역겨워"와 "가실 때에는"사이에는 헤아릴 수도 없는 수많은 세계가 포진하고 있다. 이는 인간의 감정(역겨움)이 행동(돌아서 감)으로 연결되는 심리구조의 무의식적인 공간만큼이나 다양하고 복잡한 마음의 층위가 존재하는 것과 같은 원리다. '역겨움'이라는 감정이 '간다'의 행위를 절대적으로 추동하는 것은 아니다. 가는 행위를 실천하기 전에 후회·미련·절망·원망 따위의 수많은 감정이 생기기도 하고, 또한 가는 행위 말고도 만남·대화 등의 실천도 가능한 것이다. 즉 인간이 고려할 수 있는 모든 감정과 실천 행위가 그 빈 공간에 자리 잡고 있는 것이다. 물론 언어의 의미가 가능성의 세계 체계에서 선택한 구문론의 맥락에서 창출되는 것이기는 하다. 그런데 시적 언어는 여러 가능성의 세계를 저만치 밀쳐버리고 선택한 언어로 하여금 우리가 망각하고 지워낸 세계를 호출한다. 이 세계는 '있음'을 터 짓는 '없음'으로 가득 차 있다. 시가 이런 내밀한 기능을 지니고 있다는 사실을 알 필요가 있다. 따라서 비평은 시가 말하지 않는 것에 주목해야 한다. 말로써 지워낸 말을 불러내고 확인하는 것이 비평이 주력해야 하는 기능 가운데 하나다.

오늘날 비평은 어느새 찬밥 신세가 되어버렸다. 현학적인 언어로 치장하여 독자들을 주눅 들게 하고 심지어는 '협박'까지 일삼는다. 여러 가지 이유가 있겠지만 비평이 현실과 삶에 절연한 채 '담론'의 끝없는 뫼비우스적 놀이에 빠져 있기 때문이다. 이는 작품에서 드러난 말에만 치우쳐, 그 말의 연속적이고 가시적인 의미 내용에만 관심을 주어서 말과 말 사이에 존재하는 드넓은 세계를 무시해버리기 때문이다. 비평의 윤리는 가시적인 언어 현상에 가려져 있는 절대 세계와 상상 및 몽상이 지닌 창조적인 의식 활동의 가능성에 눈길을 돌려야 함을 전제로 한다. 분석적 사고와 판단이 비평의 덕목이기는 하지만, 오히려 말의 틈새에 도사리고 있는 수많은 타자의 웅성거림을 무시하는 비평은 회색의 이론비평으로 전락할 위험이 상존하기 마련이다. 비평은 태생적으로 작품을 숙주로 삼지만 작품을 지렛대로 해서 이 세계의 가능성을 타진하고 찾아내야 할 의무를 지닌다. 이런 점에서 비평은 '철학'이어야 한다. 철학이 없는 비평은 허다한 말재간이나 수다일 뿐이다. 왠지 무게는 있어 보이되 실상은 제 철학 없이 기존의 이론이나 담론에 기대어 이들의 '말'을 즐겨 가져다 쓰는 비평이 있다면, 가짜로 보면 틀림이 없다. 1990년대부터 느닷없이 비평계를 휩쓸었던 포스트모더니즘 담론이 시들해지고 들뢰즈나 랑시에르, 혹은 슬라보예 지젝 류의 서구 철학이 2000년대에 들어서면서부터 비평언어에 창궐하고 있다. 동서양의 정신문화가 서로 관통하고 연결되는 세상이기 때문에 외래 철학 사조나 이론을 들먹이는 게 굳이 비판받아야 할 이유는 없다. 필자는 이런 정신적 교류를 비판하는 게 아니다. '수입이론'이 가져다주는 현란함과 지적 장식에 수많은 비평가가 혹하는 행태를 지적하는 것이다. 한국 시인이 한국적 정서와 풍토와 사유로 쓴 시를 두고 해석하는 가운데 굳이 서구이론의 잣대로 비평할 까닭이 있는지 묻고 싶다. 이런 비평들이 주류로 우뚝 서게 된 문화사회학적인 배경을 굳이 들먹이고 싶지 않다. 반대로 한국의 철학과 사상으로 현대시를 분석하자는 말을 하는 것도 아니다. 대체 시란 무엇이고, 시가 형상화하는 '그 무엇'이 시인의 어떤 현실의식과 세계관에서 나왔는지, 그리고 그 형식미학적 완성도의 어떤 점에서 시를 돋보이거나 떨어지게 하는지 분석하는 과정에서는 저 낯선 외래비평이 들어설 까닭이 없다는 점을 말하고 싶다.

문학이나 비평의 위기 운운도 옛말이 되어버린 감이 없지 않다. 문학과 비평의 가장 강력한 '무기'는 '말'이다. 시는 순도 높은 말로 구성된다. 그리고 비평은 순도 높은 말의 틈새에 도사리고 있는 세계를 파헤친다. 문학이든 비평이든 글 속에 사상이나 철학이 들어가 있지 않으면 나타났다가 금세 사라지는 신기루에 지나지 않다. 신기루 같은 말은 공해를 불러일으킨다. 모든 작가와 비평가는 훌륭한 글을 쓰기 위해 매진한다. 지금까지 수많은 문필가가 글을 써왔다. 수많은 책의 홍수 속에서 우리는 살고 있다. 여기서 다시 비평이란 무엇인지 자문하지 않을 수 없다. 사람들의 눈을 호강시키는 글이나 단지 알록달록하고 휘황한 수사로 사람들의 머리를 마비시키는 글이야 예나 지금이나 허다하다. 비평의 속성상 글이 관념적으로 흐를 수밖에 없다는 사실을 인정하더라도, 최소한 대상이 되는 말의 결을 따라가는 방향을 주시해야 한다. 이럴 때 작가(시인)의 내면이 구성하는 세계가 어떤 모양새로 놓여있는지 헤아릴 수 있는 것이다. 비평의 정신은 작품에 대한 확고한 가치관과 철학적 체계에 토대를 두고 있다는 사실을 기억하자.

3.

다시 말이다. 말은 생각이며 정신이기도 하다. 생각과 정신이 말이 되어 흘러나온다. 또한 말은 없음과 공상에 터를 두고 있기도 하다. 말이 글로 옮겨질 때 글 쓰는 사람이 의식하지 못하는 말들이 삭제된다. 아니, 지워버린다. 삭제되고 지워진 말들은 무의식 속에 고스란히 저장된다. 없음의 세계로 진입하게 되는 것이다. 지금까지 얼마나 많은 말이 자신의 언어를 갖지 못하고 배회했던가. 이들의 죽음 속에서 현상된 말들이 태어난다. 비평은 사라진 말들을 찾아야 한다. 작품 속에서, 작품이 되게끔 했던 사라진 말들의 고향을 한 번 찾아갈 필요가 있다. 이는 무엇인가. 무엇이 말들로 하여금 세상으로 내보내게 하는가. 혼자 조용히 앉아 잃어버린 말들을 생각하자. 사방에 적요한 소리가 들려온다. 아마도 몸속 깊은 곳에서 내지르는 비명 같기도 하다. 희뿌연 화면 곳곳에 점점이 나타났다 사라지는 것들이 있다. 시를 읽으면서, 시인은 왜 이런 말을 하면서 자신을 호소하는지 생각해본 적이 있다. 그러다가 다시 시를 읽는다. 그리고 허공을 본다. 아마도 나는 몽상에 빠지길 원했는지도 모르겠다. 까마득한 추억의 골목을 헤집으며 길옆으로 난 맨드라미며 풀들이 떠오르기도 한다. 말이 탄생하는 곳이 어디인지 생각하면 별의별 생각이 나는 것이다. 그러다가 작품이 둥둥 떠다니는 이 광활한 세계에서 별처럼 빛나는 말들이 얼마나 많이 존재했던가, 속으로 물어보기도 한다. 사실 내가 한 말을 두고 행하는 반성이기도

하다. 신에 대하여, 혹은 문학이나 사람에 대하여 생각을 거듭하다가 갑자기 말들이 쏟아져 나오는 낌새를 느끼기도 한다. 무엇이 말을 내뱉게 하는가. 이 물음에 대한 응답은 문학과 비평이 숙명으로 기다릴 수밖에 없는 선물일지도 모른다. 그래, 이것은 몽상이다. 몽상의 언어가 비평이 될 수는 없다. 그러나 비평이 공정하고 분석적이되, 혼이 빠져버려 너덜너덜해진 신발처럼 아무 데로나 찾아가 잡담을 펼칠 수는 없는 법이다. 모든 시인이 저마다 세계와 우주를 가지고 있다. 비평가도 그렇다. 작품의 호오(好惡)를 떠나 저 드넓은 사상의 공간으로 진입하고픈 욕구가 있다. 시는 아름다움을 선취하고 비평은 그 아름다움의 가치에 점수를 매긴다. 그러나 여기에 그치지 않는다. 비평은 시인이 마련한 아름다운 말들을 껴안고 저 허공 속으로 날아가 버리고 싶어 한다. 아름다움에 대한 소유욕이라기보다는, 그저 아름다움을 배태한 미지의 세계가 궁금했던 것이리라. 이쯤에서 시인과 비평가는 만난다. 말을 매개로 한 간접적인 방식의 만남에서, 말속에 움츠리고 있는 세계의 비의를 함께 본 신비로운 목격자로서 손을 맞잡는 것이다. 결국 말은 몽상이 남긴 촛농에 새겨진 형상이고, 작품은 그 형상으로 드러나는 세계의 단면에 입김을 불어 넣는 나들목인 셈이다. 그 어귀에 비평의 말들이 서성댈 것이다.

'글'은, 달리 말하면
'그'를 '그리는' 인간 본연의 몸부림일 수 있다.
글을 쓰는 행위는,
애초에 우리 자신을 낳았고
또한 무궁한 생성과 생명의 황홀한 곳으로 인도하는
절대(자)의 임재가 마련하는
'면류관'에 영광스러운 '자발적인 속박'으로
기꺼이 들어가는 일과 다르지 않다.

신(神)은 있는가. 신의 존재 유무에 대한 질문을 던지는 어리석음을 시작으로 해서 그것의 존재 증명이나 부재 증명을 하려는 게 아니다. 중세 때의 신학 논쟁에서부터 최근 서구 지성들의 문제제기[08]에 이르기까지, 신은 늘 사람들 곁에서 한편으로는 궁극적인 보호자가 되기도 하였으며 또 한편으로는 그것의 이름으로 수많은 범죄를 저질러왔다. 종교인이라고 해서 솔직히 무조건 신의 존재를 인정한다고 볼 수 없으며, 무신론자라 해서 신의 관념에서 온전히 자유롭다고 여길 사람은 없을 것이다. 동양이나 서양이나 신의 문제는 인류 역사가 시작된 때로부터 늘 함께 해왔다. 유일신이든 아니든 신은 인간 위에 군림하여 인간과 자연을 속박하거나 어루만지는 존재였다. 민족마다 전승해오는 천지창조 신화는 말할 필요도 없고 오늘날의 교회나 하다못해 점집에서까지 신의 이름으로 치장한 말씀이 흘러나온다. '구원'이나 '예언'만큼 불안정한 현대인의 마음을 사로잡는 게 또 있을까. 이런 여러 가지 신에 관한 담론들이나 현상을 제쳐두면, 오늘날 신의 유무에 대한 논란이 야기하는 특징적인 사실은 신을 '유일신'으로 국한시킨다는 점이며, 또한 그것의 존재 유무를 합리적이고 논리적인 방식에 따라 '증명'하는 데 있다. 신학에 대해 문외한인 필자로서 섣부르게 단정 짓지는 않은지 저어하긴 하지만 신을 유일신으로 못박아두는 오류가 그것의 끊임없는 존재 증명에 온 지성을 낭비해 온 감이 없지 않았다. 유일신은 곧바로 인격신으로 탈바꿈한다. 그림에서 백발의 노인으로 곧잘 묘사되곤 했던 야훼를 떠올리면 될 것이다. 신실한 기독교 신자라면 야훼가 되었건 예수가 되었건, 아니면 하느님이 되었건 천지 만물을 주관하며 궁극에는 인류에게 심판을 내리는 존재로서 신을 마음에 품을 것이다.

스피노자는 "신(神)이란, 절대 무한한 존재자이다. 즉 그 하나하나가 영원하고 무한한 본질을 표현하는, 무한히 많은 속성으로 이루어진 실체"[09]라 보았다. 실체와 양태로써 신의 본성과 우주를 설명하는 스피노자의 신관(神觀)이다. 스피노자뿐만 아니라 서구의 신학자와 철학자는 자기들 나름으로 신과 절대자를 규정해왔다. 종교와 상관없이 이들이 보여준 탐구와 분석은, 자연과학의 발달과 계몽주의적 자유주의의 만연으로 오늘날과 같이 휴머니즘을 가장한 자본주의의 끝 모를 제국주의적 팽창과는 무관하게 서구 지성계의 도약을 보여주는 한 단면이다. 민족 고유의 신관 전통이 거의 절멸하다시피 한 지금 한국의 사상계에서 신의 존재 유무 논란이 어떤 의미가 있을까. 대략 백여 년 전 무렵 여기저기서 생겨난 민족종교들조차 미신이나 사이비로 매도하길 주저하지 않는 한국의 지식인들에게는 신에 대한 끈질긴 사유와 탐구보다는 아카데믹한 신의 논쟁에 더욱 관심을 기울일 것이 뻔하다.

신을 생각하는 일은 우주뿐만 아니라 나 자신의 마음을 살펴보는 것과 상통한다. 그리고 이것은 삶의 태도와 실천에까지 직결되는 문제다. 유가에서 말하는 '天'이나 민간에 면면히 이어져 온 '천제(天帝)'사상을 생각해보자. 선비뿐만 아니라 이 나라의 백성들까지도 늘 '하늘'을 머리에 이고 살았던 것이다. 조선 후기에 들어온 천주교(天主敎)가 갖은 박해에도 온 나라에 여러 신자를 포섭할 수 있었던 것도 이로써 설명이 가능하다. 서양 지성계에서 데카르트가 차지하는 비중이 막대한데, 흔히 도구적 이성을 거론하면서 우리가 별 고민 없이 비판해 마지않는 데카르트조차 인간의 사유를 신과 관련해서 고민하였다. "무엇보다도 데카르트는 신과 관련해서 지대한 관심을 보이는데, 그는 신과 관련된 문제는 이성을 통해 논증되어야 한다고 주장한다. 다시 말해 나를 포함하여 이 세상이 그 존재를 유지해간다는 것은 매 순간 그 존재를 재창조하는 것과 마찬가지이기에, 우리는 창조되기 위해서 뿐만 아니라 매 순간 우리의 존재를 유지하기 위해서도 신의 도움을 필요로 한다는 것이다. 이러한 사유를 담고 있는 것이 『방법서설』과 『제1철학에 대한 성찰』이며, 세계의 생성과 발전을 지배하는 보편법칙에 대한 관심을 서술한 책이 『세계』(Le Monde, 1633)와 『철학원리』이다. 데카르트는 이를 토대로 여러 가지 개별적이고 실용적인 학문이 완성될 수 있다고 믿었다."[10] 데카르트를 예로 들었지만 동서양을 막론하고 인간 사회에 대한 관심과 사회적 실천을 중요하게 여겼던 지식인들은 '신'을 인식과 학문의 토대로 두었다. 신을 믿느냐 안 믿느냐, 신이 존재하느냐 존재하지 않느냐가 중요한 문제가 아니었던 것이다.

최근 도킨스가 펴낸 『만들어진 신』이 논란이 되었다. 도킨스는 자신만만하고 단정적인 목소리로 만물의 제1원리로서 '신'은 없으며, 창조자인 신이 우주를 애초에 설계한 것이 아니라 오로지 자연선택에 따라서 이루어진 것이라 말한다. "다시 말하지만 지적 설계는 우연의 적절한 대안이 아니다. 자연선택은 경제적이고 설득력 있고 우아한 해답일 뿐 아니라, 지금까지 제시된 것들 중 제대로 작동하는 유일한 대안이다."[11] 창조냐 진화냐, 설계냐 자연선택이냐의 이분법을 확고하게 고집하는 도킨스의 논리는 어떤 면에서 보자면 신에 관한 소아병(小兒病) 의식에 가까우리만치 단순하다. 다윈의 학설과 현대과학에 맹신하는 그는 18세기 서구 계몽주의의 단면을 보는 것처럼 어딘가 낯익다. 니체의 '신은 죽었다'는 외침과는 또 다른 그의 독설이 과연 사람들에게 어떤 파장을 일으킬까. 도킨스의 논법은 과학과 종교를 완전히 다른 대립적인 것으로 전제하는 데서 시작한다. 사실 지금까지 종교가 저지른 죄악은 이루 말할 수 없다. 지금의 한국사회에서 종교가 어떻게 사람들한테 인식되고 있는지 생각해보면 알 것이다. 문제는 종교 집단이 신의 이름으로 저지른 불법이나 사회 혼란이 아니다. 흔히 스스로 깨어있다는 지성인은 '경전'에 담긴 메시지를 소홀히 생각하는 경향이 짙다. 마르크스는 '종교는 인민의 아편'이라고 했다. 한국의 좌파, 특히 1980년대 이후로 사회과학 지식을 배우고 사회주의의 가치를 이론·실천적으로 지향했던 지식인들이 오해했듯이, 마르크스가 말한 '종교'는 흔히 생각하는 그런 종교가 아니었다. 오늘날 무자비한 자본주의적 생활에 정신적인 피난처가 되기도 하는 영적인 상태의 거주를 떠올리면 될 것이다. 영성이나 믿음 같은 신앙의 문제를 스스로 깨쳐서 체득하는 것이 아닌, 여린 감성에 휩쓸려 그런 분위기에 젖어 들어 따라가는 사회 병리 현상으로서 종교를 말한 것이 아닐까. 이글턴의 말은 이런 점에서 곱씹어 볼 만하다.

> 무자비하게 실리만을 추구하는 자본주의에 내몰린 이른바 영적인 가치가 피난처로 삼은 곳의 하나가 뉴에이지(New Age)다. 하지만 뉴에이지는 영적인 것의 서툰 모방에 불과한데, 물질주의에 매몰된 문명에서 그 이상을 기대할 수 없을 터이다. 마음이 냉혹한 사람들이 감상적인 노래를 들으며 훌쩍이곤 하듯이, 진정한 영적 가치가 품 안에 굴러들어도 알아보지 못할 사람들이 유독 영성(靈性)을 뭔가 으스스하고 영묘하며 심원한 것으로 생각하는 경향을 띤다. 말이 나온 김에 덧붙이면, 마르크스가 종교를 "무정한 세계의 감정이고, 영혼 없는 상황의 영혼이다"라고 했을 때 염두에 두었던 게 바로 이런 상황이다. 마르크스의 말을 다시 풀이하면, 유머 감각 없는 사람이 이해할 수 있는 유일한 종류의 우스개가 난처할 정도로 노골적인 유머이듯이, 무정한 세계에서 감정 혹은 정(情)의 원천으로 상상할 수 있는 것은 오로지 전통적인 종교뿐이라는 얘기다. 마르크스가 공격한 종교는 실리만을 추구하는 물질주의자들에게서 기대할 수 있는 종교, 즉 영적인 것을 현실에서 분리하여 감상적으로만 이해하는 유형의 종교였다.[12]

'영적인 것을 현실에서 분리하여 감상적으로만 이해하는 유형의 종교'는 사람들로 하여금 '종교'가 당연히 현실이 당면한 문제를 해결하는 직접적인 대안이 될 수는 없고, 오로지 계율에 바탕에 둔 생활 지침과 이에 따른 사후의 구원이나 천국행 티켓을 끊어주는 기관 정도로만 여기게 할 뿐이다. 이글턴은 도킨스를 비판하면서 위의 대목을 서술했다. '신'은 필연적으로 '종교'라는 매개를 통해서만 구체화된다. 그리고 이것은 '경전'이라는, 신 혹은 신의 말씀을 전해 들은 자의 기록으로 후세에 전해진다. '신의 부재'는 도킨스의 말처럼 근거 없는 맹신이 만들어낸 신으로부터 일탈하여 진화와 자연선택에 따른 끝없는 인간 진보를 약속하는 것이 아니라, 신이 있거나 말거나 경전으로 남아 있는 '말씀'을 인간 윤리의 소중한 거름으로 활용하는 데 쓰여야 할 것이다. 이와 관련하여 이글턴은 "좌파 불가지론자(不可知論者)들이 신구약 성경과 관련하여 지적으로 게으름을 피울 수 없는 이유는 상대의 주장 중 가장 설득력 있는 부분을 피하지 않는 것이 의롭고 정직한 태도여서일 뿐 아니라, 거기에서 인간 해방을 위한 소중한 통찰을 발견할 수도 있기 때문"[13] 이라고 했다. 신은 없다고 주장하는 도킨스를 비롯한 '과학만능주의자'가 놓치고 있는 중대한 요소를 이글턴은 지적한 것이다. 신은 존재하거나 존재하지 않거나 하는 단순한 물음 너머에 있는 문제이다. 그것은 현대인들, 그 가운데서 지식을 쌓고 학문을 하는 지식대중들에게 어떤 공부가 필요한지 역설한다. 비록 서양 지성의 조그만 논쟁거리이긴 하지만 이 땅의 지식인들에게 시사하는 바가 적지 않다. 다석 유영모(1890~1981)는 학문과 깨달음에 대해서 이렇게 말했다.

> 학문의 시작은 자각(自覺)에서부터다. 자각이 없는 사람은 아무리 학문이 많다 하여도 그것은 노예에 불과하다. 우선 남을 보기 전에 나를 보아야 한다. 거울을 들고 나를 보아야 한다. 거울이란 예부터 내려오는 진리의 말씀이다. 경(鏡)이 경(經)이다. 이 거울 속에 참나

> 가 있다. 말씀이 참나다. 자각은 한 번만 할 것이 아니라 순간순간 계속 자각하기 때문에 끝끝내 자각하고 자각하여 마침내 땅 위에 하느님의 뜻을 이룬다.[14]

'자각(깨달음)'과 '하느님의 뜻'을 이어주는 것으로 유영모는 '진리의 말씀'인 '경(經)'을 들었다. 그는 또한 '없이 계시는 하느님'이란 표현을 써서 신(하느님, 절대자)의 역설적인 존재방식에 대해 거론한 적이 있다. 이것 아니면 저것이라는 진리 방식에 익숙한 요즘 지식인들에게는 이처럼 한갓 모순이요 역설인 진술을 의심쩍게 바라볼 것이다. 그러고 보면 역설과 모순의 언어로 사람들에게 진실을 귀띔해주는 문학이야말로 진정 우리가 찾아야 할 궁극 가치를 품고 있는 게 아닐까 생각한다. 이 말이 속단이 되지 않으려면 '문학'을 문학 자체로만 보는 실용적이고 기능적인 사고를 버려야만 하겠다. 문학을 예술의 한 갈래로만 여겨서는 단지 종교와도 다르고 과학이나 철학과도 어긋나는 글쓰기의 양식에만 머무르기에 십상이다. 진정한 문학 행위는 삶의 윤리와 맞서지 않는 자리에서 비롯할 것이다. 그리고 삶의 윤리는 사람들 사이의 오랜 전통과 관습뿐만 아니라 더욱 나은 인간 가치의 회복을 위한 실천을 요구한다. 눈에 보이는 것만을 믿고 상식과 이성에 배반하지 않는 것만을 신뢰하는 사고방식은 극단적인 형태의 주의주장으로 귀결된다. 참된 문학이 '신'을 말하지 않고도 사람들을 '신성(神性)'의 확인으로 이끌 듯이, '하느님'에 대한 참된 믿음은 신앙이나 종교에 대한 편협한 단견을 지니지 않고도 우주 자연의 놀랍고도 황홀한 이치에 절로 감탄하게 한다.

여기에서 문학과 종교는 하나로 이어진다. 조금 다른 맥락에서 엘리아데는 다음처럼 말한다. "참으로 종교학자는 소설 작가와 마찬가지 방식으로 여러 상이한 구조를 지닌 성스럽고 신화적인 공간과 서로 다른 특질을 가진 시간, 그리고 특별히 기이하고도 낯설며 수수께끼 같은 무수한 의미의 세계와 조우하게 된다."[15] '성스러움'이 종교의 영역이라면, 문학은 인간의 '속됨'과 종교적 성스러움이 복합적으로 화학 반응 하는 글쓰기의 영역이다. 성과 속의 변증법을 통해서 문학은 인간이 바라보고 있고, 인간에게 닥친 어떤 '영원'의 공간으로 우리를 이끄는 것이다. '글'은, 달리 말하면 '그'를 '그리는' 인간 본연의 몸부림일 수 있다. 글을 쓰는 행위는, 애초에 우리 자신을 낳았고 또한 무궁한 생성과 생명의 황홀한 곳으로 인도하는 절대(자)의 임재가 마련하는 '면류관'에 영광스러운 '자발적인 속박'으로 기꺼이 들어가는 일과 다르지 않다. 문학이 근대에 접어들면서 정치나 법률과 같은 제도로 편입되면서 글쓰기의 성스러운 의식이 닳아졌기 때문에 의식하지 못할 뿐이다. 하지만, 오늘날에도 문학적 글쓰기는 마치 어두컴컴한 골방에서 고독하게 홀로 기도를 올리는 사람처럼, 자기의 온 존재를 태우면서 세상을 훤하게 밝히려는 경건한 의식으로 고난을 자처하는 일과 동일시된다. 이는 이기적인 욕구와 무관하다. 진실로 경건한 기도가 절대와 개체 사이의 영적 통로를 마련하기 위한 필수 불가결한 방편이듯이, 글쓰기는 자기의 본질뿐만 아니라 이 세상의 존립 근거를 탐문하고 캐내어 단독자로 떨어진 자신을 광대무변한 진리(法, Pneuma) 속으로

집어넣는 일이라 할 수 있다. 한 가지 유의할 점은, 기도를 기복(祈福)을 위한 형식으로 변질시키거나 글쓰기를 독자들을 현혹하고 미혹에 빠지게 하는 매문(賣文), 혹은 매명(賣名)으로 전락시키는 경우다. 이들의 행위는 진실한 기도와 글쓰기와는 아무런 상관이 없다. 자기가 바라는 바를, 소망을, 물질적인 이득을 위해서 기도를 하는 자에게 '신'은, 분명히 '있고', 언제든지 자신을 위해서 언제라도 응하는 존재로밖에 이해할 수 없는 법이다. 기독교의 하느님이나 불교의 부처님을 자나 깨나 부르면서 자기와 식솔들의 건강과 성공을 욕망하는 사람들은 엄밀한 의미에서 진정한 신앙인이라 할 수 없다. 이들은 몸이라는, 껍데기에 불과한 우리 육체가 죽지 않고 몇백 년 몇천 년을 살기를 바라는 것처럼 어리석기 짝이 없다.

> 사람을 숭배하여서는 안 된다. 그 앞에 절을 할 분은 참되신 한아님뿐이다. 종교는 사람 숭배하는 것이 아니다. 한아님을 바로 한아님으로 깨닫지 못하니까 사람더러 한아님 돼달라는 게 사람을 숭배하는 이유다. 예수를 한아님 자리에 올려놓은 것도 이 때문이고 가톨릭이 마리아를 숭배하는 것도 이 까닭이다.[16]

'신'의 이름을 빌려 혹세무민하는 성직자나 종교인들은 사람이 지니고 있는, 죽음에 대한 원초적인 두려움과 공포심을 이용해 기이한 술법을 동원하면서 자신을 마치 신의 대리자처럼 사람들로 하여금 떠받들게 한다. 오늘날 몇몇 명망 있는 문학인들은, 자신의 명성을 지렛대 삼아 수많은 사람을 마치 십자군의 무리처럼 무명(無

明)의 바다로 흘러들게 한다. 문학적 글쓰기가 자신의 몸과 마음이 갈구하는, 세속의 번잡한 욕망을 성취하는 방편으로 작용할 때, 위 글에서 유영모가 말한 그릇된 숭배의식으로 '침몰'하게 된다. 글은 기도요, 참된 세계를 꿰뚫어 보려 자신을 태우는 촛불이 되어야 한다. 이는 '그를' '그리며', 따라서 '그러므로' 마땅히 '그러하다'고 숙연해지면서 겸손하게 말로 형용할 수도 없을 지복(至福)의 자리에 가 닿아야 한다는 어떤 절실함과 닿는다. 글쓰기의 끝은 영원한 아름다움의 공간으로 진입하는 곳이다. 이런 글쓰기야말로 진실로 사람을 살리고 세상을 밝히는 작업이다. 종교와 문학이 만나는 자리가 바로 여기에 있을 것이다.

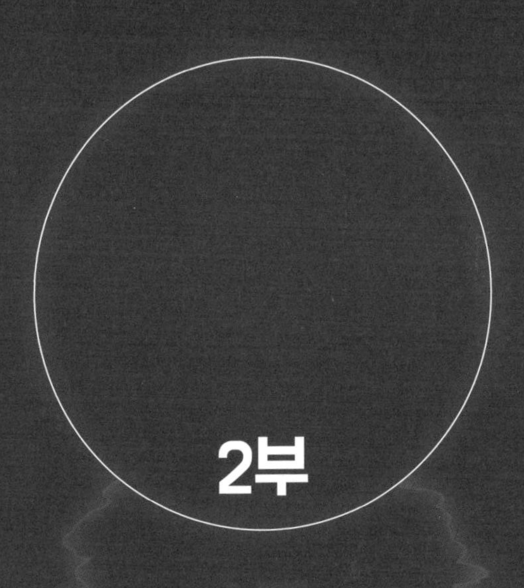

2부

김수영에게 시는
사랑의 뒷면에서 아득하게 펼쳐져 있는 말들의 무덤이자,
내동댕이쳐진 온몸의 웅변이며 자유의 상처다.
몸과 몸의 결속이면서 구애받지 않는 사상과 이념의 나래다.
모든 존재들의 에너지와 마음의 진행 상태와
의지의 지향이 행복하게 합류하는 지점에서
사랑은 샘솟는다.
시는 이러한 사랑이 말의 고삐를 쥐고 온몸으로,
동시에 밀고 나가는 소통 행위의 매개여야 한다.

아무것도 아니면서 그 모든 것, 김수영의 '사랑의 시학'에 관한 소고(小考) - 사랑의 미메시스

시인 김수영(1921~1968)만큼 비(非) 시적인 소재로 시적인 영토에 도달한 시인도 드물다. 이 진술은 김수영에 대한 찬사가 아니다. 그리고 그가 이룩한 시적 세계에 어떤 중요성이나 의미를 부여하고자 하는 말도 아니다. 어쩌면 시와 시인의 가치관, 혹은 세계관과 결부하여 시적 문맥을 짚어내는 일만큼 부질없는 일도 없을 것이다. 왜냐하면 언어는 사람이 표현할 수 있는 여러 도구 가운데 가장 확실하면서도 '인간적인' 요소이기 때문이다. 다시 말해 사람은 언어로 하여금 자신의 사상과 감정을 표상한다. 시는 시인의 품성과 내면을 내밀한 방법으로 확인할 수 있는 리트머스 시험지이기에, 시를 해석하고 탐색하는 일은 동시에 '시인'이라는 특정한 존재 형식을 감식하는 일과도 상통한다. 그렇지만 한편으로 시와 시인은 서로 '여집합'으로서 자신의 여백을 간직한다. 이는 '시'라는 문학 장치가 지니는 일종의 한계 지점이기도 하다. 이 말을 뒤집으면 '시인'이라는 인간적 한계와도 밀접하다. 단순하게 말하면 인간이든 인간이 만든 문화든 언제든지 그 결락과 빈틈을 인정해야 한다는 뜻이다. 세상에 완전한 것이 있는지는 모르겠지만 표현만큼은 언제나 어떤 결여를 내포할 수밖에 없다. 이 결여는 표현하는 자의 인지 불능 상태에서 창출된 거대한 여백이다. 시는 이렇게 숨겨진 여백을 들추어낸다. 김수영의 시를 두고 분분한 해석과 영향을 떠올리면서, 그가 이 시대에 끼친 그림자를 생각한다. 그는 분명히 자유의 시인이었다. 그리고 온몸의 시인이었다. 흔히 인용하는 대목을 새삼스럽기도 하고 길지만 다시 가져온다.

> 사실은 나는 20여 년의 시작 생활을 경험하고 나서도 아직도 시를 쓴다는 것이 무엇인지를 잘 모른다. 똑같은 말을 되풀이하는 것이 되지만, 시를 쓴다는 것이 무엇인지를 알면 다음 시를 못 쓰게 된다. 다음 시를 쓰기 위해서는 여태까지의 시에 대한 사변을 모조리 파산을 시켜야 한다. 혹은 파산을 시켰다고 생각해야 한다. 말을 바꾸어 하자면, 시작(詩作)은 '머리'로 하는 것이 아니고, '심장'으로 하는 것도 아니고 '몸'으로 하는 것이다. '온몸'으로 밀고 나가는 것이다. 정확하게 말하자면, 온몸으로 동시에 밀고 나가는 것이다./그러면 온몸으로 동시에 무엇을 밀고 나가는가. 그러나 - 나의 모호성을 용서해 준다면 - '무엇을'의 대답은 '동시에'의 안에 이미 포함되어 있다고 생각된다. 즉, 온몸으로 동시에 온몸을 밀고 나가는 것이 되고, 이 말은 곧 온몸으로 바로 온몸을 밀고 나가는 것이 된다. 그런데 시의 사변에서 볼 때, 이러한 온몸에 의한 온몸의 이행이 사랑이라는 것을 알게 되고, 그것이 바로 시의 형식이라는 것을 알게 된다.
>
> -「시여, 침을 뱉어라 - 힘으로서의 시의 존재」[17]

위의 말을 간단히 정리하면 다음과 같다. 시의 형식은 온몸으로 동시에 밀고 나가는 사랑의 이행과 다르지 않다, 이다. 이 '온몸의 시론'이 김수영이 생각하는 시 창작과 시에 대한 철학적 사유의 핵심이다. 다분히 추상적이지만 구체적으로 다가오는 말이다. 여기서 사랑에 대한 김수영의 시각을 발견할 수 있다. 김수영에게 사랑은 결코 관념적이거나 형이상학적인 개념이 아니다. '온몸'이 말 그대로 실재성을 띠는 것처럼 사랑도 실재성을 지닌다. 온몸 시론은 자유로 진입하는 시적 방법론이요, 사랑을 획득하는 유일한 통로다. 이런 맥락에서 보면 자유와 사랑 또한 한 편의 '시'만큼이나 분명한 개념이 된다. 이렇게 시와 자유와 사랑이 시인 김수영의 실존과 문학을 관통하는 세 꼭짓점이라 할 수 있다.

시인이 처한 세계와 현실은 동서고금을 막론하고 갈등과 욕망이 팽배하다. 김수영이 살았던 시간대나 지금의 시간대나 별 차이가 없다. 정치사회적 지형이 다르지만, 그렇다고 해서 개별 인간의 욕망과 소망의 지층이 달라진 건 아니다. 시인은 꿈을 꾸는 존재다. 현실을 영원히 이물스러워하는 존재가 시인이다. 그런데 왜 그런지는 논리적으로 밝히기 어렵게 되어 있다. 때때로 시인도 현실을 껴안으며 사랑한다. 시의 소재를 말하는 게 아니다. 시의 기울기가 어디로 향하는지에 따라 시의 결이 달라진다. 김수영은 현실에 기울어져 있는 시를 쓴 시인이다. 그에게 자유는 현실로부터 소외된 이름이다. 세계에서 현실을 삭제한 나머지가 자유의 영역이되, 이러한 자유를 희망하고 욕망하는 온몸의 기울기가 그의 시 쓰기의 전제로 놓여 있다. 즉 세계의 미메시스로서 그의 시 쓰기가 작동하는 것이다. 다시 말해 그는 세계를 밀쳐내거나 상상의 소재로만 다루지 않고, 온전히 받아들여서 언어로 재현한다. '온전히 받아들인다'는 말은 하나도 남김없이 낱낱이 받아들인다기보다는 세계와 길항하는 시인의 마음과 감정이 팽팽하게 긴장된 상태에서 그대로 시 언어에 전이시킨다는 맥락에 가깝다. 그러므로 김수영의 시는 드러난 것으로서 시인의 의식과, 가려지고 압축되고 변이된 것으로서 시인의 욕망이 자리 잡는다.

전통은 아무리 더러운 전통이라도 좋다 나는 광화문
네거리에서 시구문의 진창을 연상하고 인환(寅煥)네
처갓집 옆의 지금은 매립한 개울에서 아낙네들이
양잿물 솥에 불을 지피며 빨래하던 시절을 생각하고
이 우울한 시대를 파라다이스처럼 생각한다
버드 비숍 여사를 안 뒤부터는 썩어 빠진 대한민국이
괴롭지 않다 오히려 황송하다 역사는 아무리
더러운 역사라도 좋다
진창은 아무리 더러운 진창이라도 좋다
나에게 놋주발보다도 더 쨍쨍 울리는 추억이
있는 한 인간은 영원하고 사랑도 그렇다

비숍 여사와 연애를 하고 있는 동안에는 진보주의자와
사회주의자는 네 에미 씹이다 통일도 중립도 개좆이다
은밀도 심오도 학구도 체면도 인습도 치안국
으로 가라 동양척식회사, 일본영사관, 대한민국 관리,

아이스크림은 미국놈 좆대강이나 빨아라 그러나
요강, 망건, 장죽, 종묘상, 장전, 구리개 약방, 신전,
피혁점, 곰보, 애꾸, 애 못 낳는 여자, 무식쟁이,
이 모든 무수한 반동이 좋다

-「거대한 뿌리」 부분

김수영의 대표작 「거대한 뿌리」의 일부다. 시인은 "1893년에 조선을 처음 방문한 영국 왕립지학협회 회원"인 버드 비숍 여사의 조선 방문기를 읽고 위 시를 썼다. 구한말의 사회풍경을 외국인의 눈으로 진솔하게 표현한 그의 『조선인과 그 이웃나라들』은 조선 민중의 건강함과 위정자들의 위선이 대비되어 있다. 위 시에서 시인이 말하는 전통은 가진 자들의 전통이 아니라 민중의 전통이다. "전통은 아무리 더러운 전통이라도 좋다"고 직설적으로 말하는 시인의 목소리에는 이 나라의 현실에 보태고 뺄 것도 없이 밀착해 있는, 시인의 몸과 마음이 들어 있다. 그렇다고 해서 이 시가 민중에 대한 애정이나 위정자들에 대한 비판을 전면적으로 내세운 사회비판시에만 머물고 있지는 않다. "더러운 전통", "더러운 역사", "더러운 진창"이 표상하는 한국의 실상과 이미지는 곧 "요강, 망건, 장죽, 종묘상, 장전, 구리개 약방, 신전, / 피혁점, 곰보, 애꾸, 애 못 낳는 여자, 무식쟁이, 이 모든 무수한 반동"이 만들어낸 것이다. 이 '반동'은 소극적인 저항이면서도 정적인 상태의 현존재가 세계를 버티는 양상이기도 하다. 타자적 존재의 역사가 만들어 온 전통은 실은

일반 국민들이 의식하지 않고 자연스럽게 받아들이고 생산하는 문화의 주축이자 부산물이다. 이들은 삶 자체를 보듬는다. 반면에 "진보주의자와/사회주의자", "동양척식회사, 일본영사관, 대한민국 관리/아이스크림"으로 상징되는, 소위 힘깨나 쓰는 존재들에게 삶이란 타자를 짓밟고 뛰어넘어 자신들의 힘과 욕망을 보태는 그 모든 영역이다. 이 두 세계, 즉 가진 자와 못 가진 자 혹은 군림하는 자와 군림 당하는 자의 대비를 통해 선악의 구분과, 이에 따른 시인의 의식지향을 따지는 게 아니다. 시인의 단호한 어조에서 느껴지는 기층민중에 대한 애정은 위 시가 그려내는 세계에 대한 미메시스적 지층에서 볼 때 사소한 의미로 밀려난다. "이 우울한 시대를 파라다이스처럼 생각한다"는 기묘한 역설을 생각하지 않을 수 없다. 시대의 우울을 떠올리면서 동시에 그 시대의 우울이 시인에게 파라다이스로 다가오는 정서의 한 자락에는, 당대에 중요한 그 무엇이 결여된 상황에서도 복된 감정을 느끼게 하는 인식의 모티프를 찾게끔 한다. 그러므로 이 역설은, 엄밀히 말해서 역설이 아니라 역설을 가장한 판단의 진술이라 보아야 한다. 파라다이스처럼 생각하기 전에 우울한 시대 인식이 먼저 놓여 있다. 시대가 우울하다는 인식과 감정은, 세계가, 이 현실이 시인에게 가장 중요한 덕목으로 여기는 사랑과 자유의 실종과 직결된다. 아니다. 어쩌면 사랑이나 자유 이전에 실존을 옥죄는 그 무엇이 시인으로 하여금 슬픔의 강물에 몸을 적시게 하지는 않았을까. 사실 이런 논리는 의미론의 대문을 두드리는 것과 별반 다르지 않다. 우울과 파라다이스의 역설은 시인이 시에서 발화하지 않았던 두 대극점의 긴장 관계를 통해서 더욱 선명해진다.

욕망이여 입을 열어라 그 속에서
사랑을 발견하겠다 도시의 끝에
사그러져 가는 라디오의 재잘거리는 소리가
사랑처럼 들리고 그 소리가 지워지는
강이 흐르고 그 강 건너에 사랑하는
암흑이 있고 삼월을 바라보는 마른 나무들이
사랑의 봉오리를 준비하고 그 봉오리의
속삭임이 안개처럼 이는 저쪽에 쪽빛
산이

사랑의 기차가 지나갈 때마다 우리들의
슬픔처럼 자라나고 도야지우리의 밥찌끼
같은 서울의 등불을 무시한다
이제 가시밭, 넝쿨장미의 기나긴 가시 가지
까지도 사랑이다

왜 이렇게 벅차게 사랑의 숲은 밀려 닥치느냐
사랑의 음식이 사랑이라는 것을 알 때까지

난로 위에 끓어오르는 주전자의 물이 아슬
아슬하게 넘지 않는 것처럼 사랑의 절도(節度)는
열렬하다
간단(間斷)도 사랑

이 방에서 저 방으로 할머니가 계신 방에서
심부름하는 놈이 있는 방까지 죽음 같은
암흑 속을 고양이의 반짝거리는 푸른 눈망울처럼
사랑이 이어져 가는 밤을 안다
그리고 이 사랑을 만드는 기술을 안다
눈을 떴다 감는 기술 - 불란서 혁명의 기술
최근 우리들이 4·19에서 배운 기술
그러나 이제 우리들은 소리 내어 외치지 않는다

-「사랑의 변주곡」 부분

「사랑의 변주곡」 전반부이다. 시인에게 사랑은 아주 사소한 것에서부터 아주 거대한 것에까지 걸쳐 있다. 사랑이 단순한 감정의 상태가 아니라 삶을 구성하고 조건 짓는 의지의 메커니즘이 될 때 비로소 사랑의 작동 기제와 그 의미를 헤아릴 수 있다. "욕망이여 입을 열어라 그 속에서/사랑을 발견하겠다"는 진술도 이 논리에 따라서만 수용할 수 있다. 욕망은 힘이고 의지고 본능에 가까운 감정의 형식이다. 욕망하는 것은 욕망의 대상과 자신을 일치하고 싶어 하는 심리의 일종이다. 욕망이 문화를 낳고, 또한 욕망이 기존의 세계질서를 무너뜨린다. 이렇게 볼 때 욕망의 영역은 아주 다양하다는 사실을 알게 된다. 다른 시각에서 욕망은 삶을 지탱하고 영위하고 나아가는 최소한의 생명의 양식이 된다. 그리고 이것은 욕망과 아주 밀접하면서 새로운 생명의 형식인 사랑을 낳는다. 욕망이 사랑을 배태한다. 이 과정에서 시인은 어떤 과정을 뛰어넘는다. 왜냐하면 욕망이야말로 온갖 이기와 배반과 싸움의 발단이 되고, 이러한 싸움은 공동체의 위기를 불러오기 때문이다. 시인이 일부러 욕망이 불러일으키는 부정적인 정황을 삭제하거나 무시하지는 않았다. 욕망에서 사랑에 다다르는 경로에서 부딪치는 수많은 인식적 포기와 절망과 윤리적 시스템의 복잡한 함수는 그리 중요하지 않다. 시인에게 사랑이 이룩하는 기적의 순간이 곧 '욕망'이라는 주체할 수 없는 감정과 등가가 되는 것이다. "눈을 떴다 감는 기술 - 불란서 혁명의 기술/최근 우리들이 4·19에서 배운 기술"이 사랑의 기술이라는 시인의 전언은 그냥 나오지 않는다. 보기에 극과 극의 사건처럼 보이는 아주 사소한 신체의 운동과 혁명이 사랑이라는 위대한 단어와 엮여 있음은, 이 사랑이야말로 개인의 신체적 생명 활동과 역사적 운동 방향을 추동하는 기본 전제 조건이라는 말뜻을 상기할 때 수긍할 수 있다. 사랑은 지극히 사소하고 개인적인 행위 양상이라고 하더라도 타인과 결합하고 융합하려는 속성을 지닌다. 사심 없는 응대의 감정학이 바로 사랑이다. 때때로 무지와 몽매의 동력을 보이며 혼란의 한복판에서 헝클어지는 것처럼 보이는 현상 안에서 서로 제어할 수 없는 욕망의 극대화가 팽배해지는 세계라 할지라도, 사랑이 있기에 그 혼란조차 무의미하거나 허무하게 끝나지 않고 미래를 희망할 수가 있다. 인간이라는 존재는 서로의 마음에 깔린 의도와 계획과, 혹은 무의지적 심리에 반응하게끔 되어 있다. 이 반응은 관계의 사회학을 수립하는 출발점이다. 그런데 관계 자체만으로 인간 존재나 사회의 문화적·정신적 진보를 담보하지 않는다. 어째서 사람들은 희망을 품으면서도 미움과 절망의 메커니즘에 속절없이 빠져드는가. 이를 역설의 물음으로 응대하는 방식에서 김수영의 시가 탄생한다.

역설적인 방식으로만 희망의 가능성을 내비칠 수밖에 없는 말의 운명은 김수영이라고 해서 비껴가지 않았다. 희망은 사랑을 잠재적으로만 역설한다. 그것은 '사랑'이라는 말을 내뱉음으로써 현실과 실존이 빠져 허우적거리는 한계 상황을 확장시키는 연결고리로 작용한다. 시인조차 사랑의 실체를 만지지 못하고 그럴 수 없다. 사랑은 오로지 자유처럼 이 세계의 결여의 한 방식이기 때문이다. 사랑은 형체를 드러내지 않지만 시인으로 하여금 갈구하게 한다. 김수영에게 시는 사랑의 뒷면에서 아득하게 펼쳐져 있는 말들의 무덤이자, 내동댕이쳐진 온몸의 웅변이며 자유의 상처다. 몸과 몸의 결속이면서 구애받지 않는 사상과 이념의 나래다. 모든 존재의 에너지와 마음의 진행 상태와 의지의 지향이 행복하게 합류하는 지점에서 사랑은 샘솟는다. 시는 이러한 사랑이 말의 고삐를 쥐고 온몸으로, 동시에 밀고 나가는 소통 행위의 매개여야 한다. 그런데 이러한 사랑의 시학은 김수영의 시에서만 완성되는 예술 개념이 아니라, 언제까지나 시와 세계와 대상에 대한 깊은 고민과 물음을 간직하는 시인이라면 반드시 부딪치게 되어 있는 존재론의 개념이다. 이 존재론은 시를, 아니 예술 행위가 낳는 신비한 영역을 캐묻고 뒤집어서 해체시키는 시의 해석학을 낳는다.

남에게 희생을 당할 만한

충분한 각오를 가진 사람만이

살인을 한다

그러나 우산대로

여편네를 때려눕혔을 때

우리들의 옆에서는

어린놈이 울었고

비 오는 거리에는

사십 명가량의 취객들이

모여들었고

집에 돌아와서

제일 마음에 꺼리는 것이

아는 사람이

이 깜깜한 범행의 현장을

보았는가 하는 일이었다

- 아니 그보다도 먼저

아까운 것이

지우산을 현장에 버리고 온 일이었다

- 「죄와 벌」 전문

시는 응당 묻고 대답한다. 그러나 이 대답은 해답의 형식이 아니라 또 하나의 물음이다. 그러므로 뫼비우스의 띠처럼 통로와 출구가 언제든지 뒤바뀔 수 있는 길목에서 시의 말은 서성거리는 것이다. 존재에 대한 성찰이 비판적 인식으로 이어질 때 시인은 모험을 감행한다. "남에게 희생을 당할 만한/충분한 각오를 가진 사람만이/살인을 한다"는 잠언 같은 구절에 이어지는 에피소드의 한 장면은, 현실의 자기인식과 윤리적 명제가 어떻게 모순에 봉착하고, 이 아이러니한 상황에서 시인이 묻고 싶은 것이 무엇인지 알게 한다. 그런데 제1연의, 자기희생을 감수하는 살인의 진술은 필연적으로 '진실'로 귀결하지는 않는다. 이 진술은 잠언의 형식을 띤 시인의 세계해석일 뿐이다. 제2연의 에피소드에서 시의 화자가 행한 폭력과, 이 폭력에 대한 자기반성이나 죄책감보다 우산을 현장에 버리고 온 일에 대한 아쉬움이 강하게 짓누르는 화자의 상실감은 이 세계가 인간에게 끊임없이 선사하는 모순된 정신 영토다. 이러한 영토에서는 머리와 가슴의 행복한 결합은 일어나지 않는다. 그러므로 시는 결코 현실에 대한 해답을 제시하지 않는다. 시인이 그리는 윤리적 세계와 정의 및 자유의 토포스는 현실의 시적 미메시스다. 시인은 기우뚱하게만 놓여 있는 관념과 현실을 두고 시가 행할 수 있는 최적의 물음을 제시한다. 이 물음의 방식은 시가 온몸으로 자행해야 하고 온몸으로 표현해야 하는 사랑의 방식으로만 시로 나타낼 수 있다. 이 사랑의 방식은 김수영이 시의 형식으로 제시한 온몸의 시론을 갖추기 위한 충분조건이다. 사랑은 관념이 아니라 실재다. 적어도 김수영에게 사랑은 구체적으로 현시하면서 꿈틀거리는 생생한 형상이다.

풀이 눕는다

비를 몰아오는 동풍에 나부껴

풀은 눕고

드디어 울었다

날이 흐려서 더 울다가

다시 누웠다

풀이 눕는다

바람보다도 더 빨리 눕는다

바람보다도 더 빨리 울고

바람보다 먼저 일어난다

날이 흐리고 풀이 눕는다

발목까지

발밑까지 눕는다

바람보다 늦게 누워도

바람보다 먼저 일어나고

바람보다 늦게 울어도

바람보다 먼저 웃는다

날이 흐리고 풀뿌리가 눕는다

-「풀」 전문

미메시스는 모방의 양상이나 메커니즘의 한 형태이고, 이 미메시스로 하여금 주체와 타자의 쌍방 소통의 모형을 끄집어낼 수가 있다. 여기에서 사랑은 어떤 기능과 작용을 하는가. 김수영에게 사랑은 온몸의 행위로 자신의 실존 전체를 끌고 가서 상대에게 넘겨주는 윤리적·정신적 태도이다. 이를 시에 적용하면 어떤 해석을 이끌어낼 수가 있을까. 「풀」에서 주요한 소재인 풀과 바람은 서로가 서로를 견인하면서 반영하는 '짝패'다. 다르지만 같다. 아니 같으면서도 다르다. 바람이 풀을 누이고 풀이 바람을 밀어낸다. 이들은, 이들의 움직임에서만 이들에게 순정한 본질을 드러낸다. 풀이 눕고 일어나고 하는 현상은 분명 구체적이고 실재적인 현실이다. 과거에도 그랬고 앞으로도 그럴 것이다. 바람이 부는 일도 마찬가지다. 여기서 풀과 바람의 상관관계를 읽어보자. 풀이 흔들리는 것은 바람 때문이다. 오로지 바람만이 풀을 흔들 수 있다. 풀과 바람이 만들어내는 형상 안에는 보이지 않는 힘이 들어 있다. 이 에너지는 울고 웃고, 눕고 일어나는 일에만 관여하지는 않는다. 시는 형상과 이미지를 만들어내기도 하지만, 시 속의 세계가 부둥켜안고 끌고 가는 의지를 내보이기도 한다. 바로 사랑의 의지다. 현실에서는 사랑이 속화(俗化)되거나 쉽사리 낭만화된다. 따라서 언제든지 그것은 변질되기 마련이다. 완전한 사랑은 관념이다. 이 관념을 깨트려 사랑의 본래 씨앗을 빼내기 위해서는 자기희생과 상대에 대한 무조건적인 희생을 필요로 한다. 자기를 없애야 사랑을 쟁취할 수가 있다. 이것은 자유와도 관계한다. 자유를 얻으려면 자기희생이라는 대가를 반드시 치러야 한다. 자기를 온전히 없애버려야지만 비로소 능동적인

에네르기를 발산할 수 있다.

풀이 바람에 소극적으로 영향을 받다가 이윽고 적극적인 태도로 변이되어 바람에 동등하게 맞설 수 있었던 까닭도, 바로 사랑과 자유의 참된 속성이 무엇인지 경험으로 터득했기 때문이다. 적대와 질시, 그리고 욕망의 대상에서 사랑과 자유의 대상으로 타자의 의미가 바뀌는 순간의 메커니즘은 그리 확연하지 않다. 여기에는 의지와 인내도 필요하지만 무엇보다도 모방욕망의 미메시스가 창출하는 거대한 습속과 문화의 메커니즘에 대한 성찰이 없다면 사랑과 자유의 미메시스는 발생하지 않는다. 김수영은 자신이 의도했든 의도하지 않았든 사랑의 시학을 역설하면서 이런 점들을 염두에 두지 않았을까. 사랑은 맹목적인 감정 상태가 아니라 자기 죽임의 실행 뒤에 찾아오는 무한한 열림의 상태다. "바람보다 늦게 누어도/바람보다 먼저 일어나고/바람보다 늦게 울어도/바람보다 먼저 웃는" 풀의 모습이 그렇다. 이 지점에서 풀의 존재성은 바뀌어 있다. 풀은 단순한 알레고리지만, 존재의 관계성을 가장 잘 드러내는 매개이기도 하다. 눈에 보이지 않는 사랑의 힘이 세계를 이끄는 행복한 동력으로 기능할 때 시는 진정으로 시 본래 자리를 회복할 수 있다. 아무것도 아니면서 그 모든 것으로서 사랑을 피력하는 시는, 보잘것없고 어딘가 삐걱거리는 듯하지만 중요한 의미 하나 배태하게 되어 있다. 이것은 관계와 반영, 그리고 욕망이 야기하는 현대 사회의 커다란 구멍을 손으로 가리킨다. 이 도저하면서도 암울한 메커니즘을 멈추게 할 사랑의 방식은 어떠해야 하는지 김수영은 묻는다.

성스러움은 문학에, 아니 시에
그늘 하나 드리운다는 느낌을 어쩔 수 없다.
이 그늘은 눈에 보이지 않는 '신령한' 힘으로
언어와 긴장을 형성한다.
구상의 종교시가 드러내는 미메시스는
그런 미약한 떨림을 남긴다.

성스러움의 그늘

- 구상의 종교시에 나타난 미메시스의 한 양상

『초토의 시』(1956)로 널리 알려진 시인 구상(1919~2004)도, 여느 시인들처럼 종교시를 썼다. 종교시는 자신의 믿음과 신앙의 문제를 시적인 수사와 표현으로 드러내는 만큼 더러 문학이 지니는 다의적이고 창조적인 영역에는 미치지 못하다는 인식이 일반적이다. 신앙의 체계를 시인이 문학적 감성으로 녹여내어도 종교성이라는 강력한 기제에 묶여 있기 때문이다. 따라서 '신앙시'란 표제로 시를 묶어 내거나 자신의 본래 시 성향과 세계에 곁들이는 부록 같은 이미지가 강한 것이 종교시의 모습이다. 어떤 면에서 종교시는 종교와 신앙을 소재로 형상화한 시이기 때문에 굳이 종교시가 주는 편견에 사로잡힐 필요가 없어 보인다. 그러니까 종교시도 시의 맥락에서 이해해야 한다. '자연시'가 마냥 자연을 예찬하지만은 않듯이 종교시 또한 자신의 신앙을 표나게 내세우지는 않는다. 신앙을 매개로 시적인 영토에서 언어를 갈무리하는 만큼, 종교시는 오히려 현실세계와 초월적인 대상이 서로 긴장을 자아낸다고 볼 수도 있는 것이다. 종교시가 보여주는 특징이 순수관념과 형이상학적인 요소가 강하다는 점 때문인지 그동안 평자들은 한계적인 잣대로 평가해온 점이 없지 않다. 구원이나 사랑, 혹은 믿음과 평화의 개념들이 그렇다. 또한 영성이나 내밀한 마음의 상태에서 시인의 내면을 드러내기에 시 분석의 틀이 단순하거나 소박하게 그쳐버리는 경우가 흔하다. 이런 아이러니를 극복하기 위해서는 시의 특수한 범주로서 종교시를 바라보기보다는, 언어와 세계의 관계 측면에서 종교시를 대하는 관점이 요구된다. 즉, 종교성의 딱지를 떼고 종교시를 바라보는 것이다. 왜냐하면 종교시는 시인의 신앙고백의 형식이 아니라 시의 영토에서 자신의 신앙을 매만지고 되비치는 시 쓰기의 일종이기 때문이다.

시에서 신앙은 하나의 모상을 전제로 한다. 그것은 절대자에 대한 믿음의 언어적 표상으로 나타난다. 시인이 어떤 형태의 신앙적 내용과 의미를 지니든 상관없이 언어는 모상과, 모상의 형상화를 통해 시적 형식을 드러낸다. 시인과 모상의 미메시스적 메커니즘에서 창조되는 것은 대체로 시인이 진실이라고 믿는 종교적 확신이나 깨달음이다. 시인은 오로지 관념이나 추상이 아니라 구체적인 직관으로 자신의 믿음을 재확인하는 것이다.

영혼의 눈에 끼었던
無明의 백태가 벗겨지며
나를 에워싼 萬有一體가
말씀임을 깨닫습니다.

노상 무심히 보아오던
손가락이 열 개인 것도
異蹟에나 접하듯
새삼 놀라웁고

창밖 울타리 한구석
새로 피는 개나리꽃도
復活의 示範을 보듯
사뭇 황홀합니다.

蒼蒼한 우주, 虛漠의 바다에
모래알보다도 작은 내가
말씀의 神靈한 그 은혜로
이렇게 오물거리고 있음을
상상도 아니요, 象徵도 아닌
實相으로 깨닫습니다.

-「말씀의 實相」 전문[18]

시인이 '말씀의 실상'을 깨닫게 된 연유보다도 말씀의 실상을 깨닫고 난 뒤의 세상 보기에 주목할 필요가 있다. 세상에 대한 주관과 가치관은 사람마다 다르다. 여기에는 세계에 대한 목적의식과 방법적 의식이 개입한다. 즉 '무엇을' 보느냐와 '어떻게' 보느냐의 문제인 것이다. 이를 인생관이나 가치관이나 세계관으로 흔히 명명한다. 위 시에서 시인은 기독교의 로고스(말씀)를 염두에 두고 있다. 말씀이 만물을 생겨나게 했다는 기독교적 진리에 대한 의심이나 회의는 실상 위 시에 대한 올바른 독법을 방해한다. 왜냐하면 시인이 그러한 기독교적 진리를 시로써 증명하고 있지는 않기 때문이다.

"영혼의 눈에 끼었던/無明의 백태가 벗겨지며/나를 에워싼 萬有一體가/말씀임을 깨닫"는 순간 시인은 시로써 그 정황을 보여준다. "모래알보다도 작은 내가/말씀을 神靈한 그 은혜로/이렇게 오물거리고 있음을/상상도 아니오, 象徵도 아닌/實相으로 깨닫"는 의식의 내부에는 커다란 회심이 자리 잡고 있다. 종교적 깨달음이라고 할 수 있다. 종교적 깨달음에는 시인이 신앙하는 가톨릭의 교리에 대한 절대적인 믿음과 함께 영적인 각성이 참여한다. 똑같은 현상에 대한 인식의 전환은 종교인들에게 흔히 요구되는 덕목 가운데 하나다. 실상을 알아채는 일은 어느 날 갑자기 찾아온다. 이를 논리로써 증명하기는 힘들다. 세계가 이전까지의 눈으로 보던 세계가 아니라는 확신을 하기까지 시인 또한 평범한 신앙인이었을 것이다. 어찌 보면 위 시도 '말씀의 은혜'에 힘입어 쓴 것일 수도 있다. 말씀은 시인에게 경외의 대상이자 성스러움의 결정체다. 시인은 말씀의 드리움이 온 세계에 가득 차 있음을 언어로써 형상화한다. 마음이 말씀의 실상에 닿을 때 감탄사가 터져 나온다.

오늘도 신비의 샘인 하루를 맞는다.

이 하루는 저 강물의 한 방울이
어느 산골짝 옹달샘에 이어져 있고
아득한 푸른 바다에 이어져 있듯
과거와 미래와 현재가 하나다.

이렇듯 나의 오늘은 영원 속에 이어져
바로 시방 나는 그 영원을 살고 있다.

그래서 나는 죽고 나서부터가 아니라
오늘서부터 영원을 살아야 하고
영원에 합당한 삶을 살아야 한다.

마음이 가난한 삶을 살아야 한다.
마음을 비운 삶을 살아야 한다.

-「오늘」 전문[19]

말씀의 진상을 알게 된 자의 시간 의식을 잘 보여주는 시다. 그 시간은 맺고 끊는 수직적이고 단절된 시간이 아니다. 아주 오래된 과거로부터 아주 먼 미래에까지 연결되어 있는 시간이다. 이러한 시간의 무한한 끈 사이사이에 점처럼 찍혀 있는 시간대가 바로 오늘이라는 하루다. "이 하루는 저 강물의 한 방울이/어느 산골짝 옹달샘에 이어져 있고/아득한 푸른 바다에 이어져 있듯/과거와 미래와 현재가 하나"인 시간의 점이다. 시인은 하루를 "신비의 샘"이라 부른다. 왜냐하면 "영원 속에 이어져/바로 시방 나는 그 영원을 살고 있"기 때문이다. 영원에 이어져 있는 '나'다. 시인은 말씀의 성화(聖化)인 이 세상이 영원의 시간대에 놓인 하나의 점이라는 사실을 깨달으며 어떤 삶의 방식을 취해야 하는지 밝힌다. "영원에 합당한 삶을 살아야" 하고 "마음이 가난한 삶을 살아야" 하고 "마음을 비운 삶을 살아야 한다"는 것이다. 순명·정결·청빈의 복음삼덕(福音三德)을 시로써 형상화했다. 그렇다고 해서 가톨릭적 신앙인의 자세를 단순히 시로 풀어썼다고 보아서는 안 된다. 하늘의 뜻과 말씀의 진상에 들어가면 인간이 얼마나 보잘것없는 왜소한 존재인지 알게 된다. 보잘것없지만 말씀의 산물인 인간임을 알게 되면 이 또한 영원에 놓인 위대한 존재가 바로 인간이라는 사실도 깨닫는다. 오늘은 늘 오늘이다. 지나간 시간과 연락이 닿고, 미래와 연락이 닿는 날이 오늘이라는 하루이기 때문이다.

종교시에서 시인이 하나의 모상으로 여기는 절대적인 존재, 혹은 초월자에 대한 미메시스적 접근은 언어를 에두르지 않고 직접 제시한다. 묘사와 비유보다는 단정적인 언술이 흔하다. 구상의 종교시도 마찬가지다. 세계의 미메시스가 아니라 내면의 빛으로 다가온 종교적 신앙의 실체로부터 생겨난 각성의 형상화이다. 따라서 대체로 잠언의 형식으로 나타나는 경우가 많다. 잠언은 삶의 교훈을 제시한다. 여기에는 '왜'가 생략되어 있다. 시는 이런 면에서 잠언과 비슷하다. 시 또한 '왜'가 생략되어 있는 문학 장르다. 시와 잠언이 서로 수렴하는 언어 양식임을 알 수 있다. 시는 종교의 계시와 신앙적 측면을 담아내는 도구는 아니지만, 시적 진술은 시인에게 다가온 계시적 양상을 가장 잘 표현해주는 최적화된 언어 양식이 될 수도 있다.

저 성현들이 쳐드신 바
어린이 마음을
知覺 이전의 상태로
너희는 오해하지들 말라!

그런 未熟의 유치한
본능적 충동에 사로잡히거나
독선과 편협을 일삼게 되느니,

우리가 도달해야 할
어린이 마음이란

진리를 깨우침으로써
자기가 자신에게 이김으로써
이른바 '거듭남'에서 오는
순진이요, 단순이요,
소박인 것이다.

-「거듭남」 전문[20]

위 시에서 시인이 강조하는 것은 거듭남의 실체다. 흔히 오해하고 있는 "어린이 마음"이 "미숙의 유치"가 가져다주는 "본능적 충동에 사로잡히거나/독선과 편협을 일삼"는 일이 아니라, "진리를 깨우침으로써/자기가 자신에게 이김으로써/이른바 '거듭남'에서 오는/순진이요, 단순이요,/ 소박인 것이다." 거듭나는 것에 대한 시인의 진술은 사실 종교성의 색채가 짙다. 기독교에서 강조하는 부활의 교리와도 맞닿아 있다. 거듭남이란 어떠어떠한 것이다, 는 거듭남의 명제는 신학적인 논쟁이 되어 왔고, 지금도 진행 중이다. 시인이 생각하는 거듭남이 어린이 본연의 마음이 무엇인지 깨닫게 될 때 알게 되는 것이라면, 시인에게 거듭남이란 곧 동심 회복의 다른 이름이다. 아이의 마음에 대한 편견과 이데올로기를 상기할 때, 우리는 사회문화적 혹은 담론의 측면에서 논의해온 동심의 이데올로기와 위 시에서 시인이 염두에 두는 아이 마음을 구분할 필요가 있다. 동심 이데올로기는 '만들어진 아이'의 관념을 통해 아이의 마음에 사회심리적 제약과 기제를 심어서 아이에 대한 순진무구의 이념을 생산한다. 어린이에 대한 관념이 실은 사회역사적으로 생성된 개념인 것이다. 물론 이러한 이해가 완전히 조작된 것이라거나 허위의식은 아니다. 왜냐하면 가부장 제도의 사회나 산업자본주의 체계에서 아이에 대한 계급적 부여와 밀접하기 때문이다. 이런 아이 이해의 차원이 아닌 시인의 아이 이해는 그보다 본질적인 차원에서 시작된다. 시인에게 아이는 덜 성숙하거나 관념으로 구성된 존재가 아니다. 세계를 조작하거나 간접적인 방식으로 바라보지 않고, 직접적이고 단순하게 이해하고 바라보는 존재다. 즉 아무런 이해관계 없이 소박하게 세계를 인식하는 주체로서 아이의 마음을 회복하는 일이야말로 진정한 어린이 마음으로 돌아가는 일이며, 동심을 회복하여 마침내 거듭남을 성취하는 것이다.

> 저 허공과 나 사이 무명無明의 장막을 거두어 주오.
> 이 땅 위의 모든 경계선과 철망과 담장을 거두어 주오.
> 사람들의 미움과 탐욕과 차별지差別智를 거두어 주오.
> 나와 저들의 체념과 절망을 거두어 주오.
>
> 소생케 해주오. 나에게 놀람과 눈물과 기도를,
> 소생케 해주오. 죽은 모든 이들의 꿈과 사랑을,
> 소생케 해주오, 인공이 빚어낸 자연의 모든 파상破傷을,
>
> 그리고 허락하오, 저 바위이게 말을, 이 바람에게 모습을,
> 오오, 나에게 순수의 발광체로 영생할 것을 허락하오.

-「오도午禱」 전문[21]

신앙생활에서 중요한 자리를 차지하는 것이 기도다. 기도는 신자가 절대자에게 비는 행위지만, 기도를 통해서 절대자와 만나는 일이기도 하다. 신성하면서도 신령한 자리에 동참함으로써 절대자의 숨길을 느끼는 행위가 기도다. 모든 신앙인은 기도를 하면서 자신의 신앙을 두텁게 한다. 위 시에서 시인은 기도의 형식을 취하면서 바람을 드러낸다. 온갖 부정적인 요소들을 거두게 해서 지금 필요한 것들을 다시 살아나게 해달라는 내용으로 추릴 수 있다. 첫 두

연은 시인의 기도 내용이기도 하지만 지각 있는 사람이라면 신앙인과 비신앙인에 관계없이 소망하는 것들이다. 모든 장애와 차별을 없애고 꿈과 사랑과 인공이 만든 흉터와 상처를 본래대로 되살리게 하는 염원은 누구나 마음속에 깃들어 있다. 그래서 모든 자연에게 본연의 언어와 모습을 되찾게 하고 결국 "나에게 순수의 발광체로 영생할 것을 허락"해달라고 기도한다. 기도의 형식이 언어라면, 그 내용은 절대자의 신성에 기도하는 자의 바람을 불어넣고 소원이 이루어지게 하는 것이다. 여기서 삿된 욕심이나 욕망을 드러내서는 안 된다. 순수하고 경건한 마음으로 허공 한복판에 영원히 계시는 분에게 말을 건네야 한다. 기도는 이루어지게 해달라는 소망의 행위임과 동시에, 현실 세계에서 벌어지는 모든 행위나 사건들에 대한 응시 속에서 움트는 절대자를 향한 물음이자 반성이다. 종교시 자체가 하나의 신앙 고백임과 함께 시인의 실존적 삶을 송두리째 반성하는 통회의 형식이다. 자신과 공동체와 생명의 온갖 총체들의 어긋난 요소들을 하나하나 헤면서 본래의 자리로 돌아갈 수 있게 염원하는 눈물의 호소다. 구상의 종교시는 이런 의미와 형식을 아우른다. 그의 언어는 믿음에 대한 종교적 색채를 드러내지 않으면서 신앙의 깊이를 내면화한다. 절대자를 절대적인 위상으로 격상하지 않고 스스로 내려와 수평적이고 평등한 말의 성찬식을 올린다. 여기에서 미메시스는 내면화되어 일상의 언어로 겸허해진다. 시적 케노시스(kenosis)다.

산정山頂에 올라가 붙은

판잣집 창에

머리에 부스럼 자국이 난 선머슴처럼

얼굴을 대고

나는 혼자서 알아낸다.

저기, 흐르는 푸른 강에

물고기들이 흐느적 놀듯이

여기, 황토 굳은 땅에

개미가 들락날락 일하듯이

첫째 우리 인간도

서로 물어뜯지 말고

아우성도 없이 살아야 함을

나는 혼자서 알아낸다.

한낮의 백금白金 같은 날빛을

온몸에 받으며

누구나 낙망의 휘장을

스스로 가리지만 않는다면

언제 어디서나 마침내

광명을 누릴 수 있음을

나는 혼자서 알아낸다.

몇 뼘도 안 되는 꽃밭에

코스모스가 서서 피고

채송화가 앉아 피는 것을 보고

만물은 저마다 분수分數를 다할 때

더없이 아름답다는 것을

나는 혼자서 알아낸다.

이제사 겨우 눈곱이 떨어지는

선명鮮明으로

진선미가 저렇듯 실재하다는 것을

나는 고개를 끄덕이며

혼자서 알아낸다.

-「나는 혼자서 알아낸다」 전문[22]

종교가 인간 정신에 끼친 영향은 젖혀 두고서라도, 한 인간이 겸허와 직관의 마음을 유지하는 데서 종교의 힘은 크다. 종교가 시를 알차게 하지는 못한다. 종교가 사라지더라도 언어와 시는 인간에게 종교와도 같은 심성을 만들어낸다. "나는 혼자서 알아낸다"는 말은 결코 자만이 아니다. '혼자서'는 독단이 아니라 수많은 기도와 믿음의 세계 속에서 절로 만들어진 일체유심의 자리다. '알아내는' 것은 만상의 실상이 어떻게 마련되는지 터득한다는 말이다. 이 만상이, 아니 세계가 "이제사 겨우 눈곱이 떨어지는/선명鮮明으로/진선미가 저렇게 실재한다는 것을/나는 고개를 끄덕이며/혼자서 알아"내기까지 생각하고, 보고, 느꼈던 것들은 어디로 갔을까. 하지만 그것들 또한 온전히 시인의 실감 속에 실재할 것이다. 현상과 현상 이면, 사건과 사건 이면의 실상은 구분되거나 경계로 놓여 있지는 않다. 사태를 오로지 공정하고 맑은 눈으로 응시할 때 경이로움이 싹튼다. 이 경이로움은 다르게 표현해서 성스러움의 한 자락을 느끼는 감정 상태이기도 하다. "진선미가 저렇듯 실재하다는 것을" 느끼며 알아내는 마음의 상태다. 참됨과 선함과 아름다움이 마치 삼위일체처럼 통일되어 있다는 자각이다. 이렇게 보면 종교심이라고 해서 현실을 초월한 뜬구름의 세계에 존재하는 것은 아닌 듯하다. 종교는 인간에게 삶의 조건과 의미를 궁구하게 한다. 굳이 종교라는 말을 붙이지 않아도 상관없다. 인간적 고뇌와 현실 세계의 폐허 및 공허에 맞서 존재의 참된 관계를 회복하는 여러 가지 방법 가운데 하나는, 형이하학적 존재 기반의 제반 영역에 대한 인식론적 탐구와 이를 형이상학적인 물음과 연관시키는 일이다. 정신과학적인 사색이라고 말할 수 있다. 여기에서 속화(俗化)에 기울어진 인간사회의 형상이라고 해서 마냥 부정적인 시각을 던질 필요는 없다는 점을 구상의 종교시는 보여준다. 인간은 타락한 존재인가, 아니면 지복의 희망을 간직하고 노래하는 존재인가는 중요하지 않다. 구상은 성스러움의 영역을 구체적인 현실의 영역으로 끌어내려 드리운다.

초월의 미메시스는 이렇게 세계와 합치한다. 그런데 성스러움 자체에 대한 확신은 시의 세계를 협소화할 우려마저 불식하지는 못한다. 종교에 대한 감정은 곧잘 세계를 수락해버리는 '미학적 과오'를 낳는다. 신앙이 형성한 종교심의 드넓은 영토가 정신을 가득 채우더라도, 시와 현실과 언어의 삼각함수가 자아내는 복잡하고 미묘한 깊이의 인간의식과는 또 다른 경계를 마련한다는 사실을 상기할 필요가 있다. 종교와 문학이 갈라지는 지점이다. 이렇게 보면 성스러움은 문학에, 아니 시에 그늘 하나 드리운다는 느낌을 어쩔 수 없다. 이 그늘은 눈에 보이지 않는 '신령한' 힘으로 언어와 긴장을 형성한다. 구상의 종교시가 드러내는 미메시스는 그런 미약한 떨림을 남긴다.

분열과 죽임의 문화가 횡행하는 현대사회에서
참 생명의 문화, 살림과 모심의 삶의 윤리를 요청하는
김지하의 논리 속에 삶과 불가분의 관계에 있는
예술적 진리를 민중적 미의식에 초점을 두고
파헤치려는 의지 또한 내장해 있다.
그리고 이것은 눈에 보이는 형식적·형상적 세계와,
눈에 보이지 않는 비형식적·잠재적 세계 사이에
이루어지고 있는 소통과 길항의 속내를 응시하면서
우주와 세계의 질적 변화를 꿈꾸는
시인의 욕망의 또 다른 이름인 것이다.

1. 머리말

한정된 지면에서 한 사람의 시론과 생명사상을 아우르면서 논의를 펼치는 일이 쉽지가 않다. 그래서 우선 얼개를 살피면서 그 특성과 의의라도 짚는 게 마땅하리라 본다. 주지하다시피 김지하 시인의 문학적 도정은 험난했고, 말썽의 연속이었다. '말썽'이라 표현한 까닭은, 그의 문학 행보가 보여준 사회적 관심과 대내외적 시선이 한국정치의 특수성과 결합하여 특이한 '현상'으로 부각되었고, 이러한 실존적 개인의 집단적 알고리즘 형성의 매개화는 어떤 면에서 보면 시의 세계적 파급효과의 일단을 증명하는 점에서 분명 하나의 '사건'이라 규정할 수도 있기 때문이다. 그러나 한편으로 사건으로서 놓였던 김지하의 문학 행위는 역으로, 한국사회의 폭력성과 광기, 그리고 체질화된 집단의식의 증표를 발견하게 했다는 점을 생각할 때 그리 달가운 현상만은 아니다. 김지하의 문학 안팎의 언술이 불쏘시개처럼 한국사회를 들쑤시며 민감한 구석 자리를 끄집어낸 사실과 정황 이면에는 그리 간단하지 않은 역사적 국면이 깔려있다. 즉 1970년대가 말해주듯 산업화·도시화와 맞물린 개발독재의 광풍과, 또한 이에 맞선 민주와 자유를 치켜세운 민중적 지성의 실천이 서로 결합해서 움직이는 톱니바퀴처럼 교묘하게 스며든 현대사와 떼어놓을 수 없는 것이다. 또 다른 측면에서 김지하는 그동안 '죽임'의 인간 문명이 저지른 온갖 반생명적·반자연적 해악을 들여다보면서 그가 나름대로 자각한 인간의 실천적·예술적 방안을 꾸준하게 제기해왔다. 이는 미학적 패러다임과 윤리적 패러다임의 일치에 대한 요구와 관련한다. 미학적·윤리적 패러다임의 일치는 김지하의 시론 및 생명사상을 한데 묶는 중요한 원리이다. 즉 그의 시론은 생명윤리의 미학적인 드러냄이자 응축이고, 그의 생명사상 또한 미의식의 외연적인 확충인 것이다. 그에게 '시'와 '생명'은 단순하게 문학 언어와 추상적 개념으로 놓이는 단어가 아니다. 예컨대 그의 문학 행위의 전 과정은 혼돈하고 예측 불가능한 이 세계를 인식하면서 통찰·치유하려는 인간적 몸부림이면서, 그 몸부림이 그려내는 사회적 활동체계를 생명의 본질적인 성분에 수렴하려는 의지의 산물인 것이다. 그가 내세우는 미학적 그림(흰 그늘의 미학)은 이러한 그의 역사적 바탕 위에서 성립한다. 따라서 그의 시론과 생명사상의 면모를 살펴보는 일은, 현재 그의 미적 담론의 추이와 생성의 질적 경로를 훑는 일임과 동시에 한국 현대시론의 맥에서 그가 자리 잡고 있는 좌표를 더듬는 일이 될 것이다.

2. '풍자시론'에서 '그늘 시론'으로

모든 시인은 저마다 하나씩의 시론을 지닌다. '시론'은 시의 창작방법론임과 동시에 세계와 시의 관계를 해명하는 인식의 단초가 집약된 시적 사상이다. 이런 측면에서 김지하의 초기 시론적 단상을 알 수 있는 글이 「풍자냐 자살이냐」(1970)일 것이다. 이 글에는 김수영 시의 장단점을 논구하는 과정에서 풍자의 전략적·이론적 방향을 한국문학에 주문하는 강력한 목소리가 들어있다. 폭력적인 세계 체계 방식에 대한 문학적 대응물인 풍자를 통해서 시의 진정한 자기 정립이 가능하다는 논지다. 그리고 시는 민중적 풍자가 지니는 건강함과 예술적 진실성을 담보해야 한다. 이는 민요에서 집약적으로 드러난다. 김지하에 따르면, "시인이 민중과 만나는 길은 풍자와 민요정신 계승의 길이다. 풍자, 올바른 저항적 풍자는 시인의 민중적 혈연을 창조한다."[23] 여기서 김지하의 초기 시론이 민요와 같은 민중 전통예술의 풍자 정신과 닿아있음을 볼 수 있다. 특히 '민중'에 대한 김지하의 인식이 중요하다. 시인이 어떻게 시를 써야 하는가의 문제는, 시에서 얼마나 민중정신을 구현하느냐 혹은 체현하느냐의 문제로 직결된다. 그리고 이 작업에서 선행해야 하는 요소는 "민중 속에서, 그 긍정적인 것의 사랑을 통하여 민중으로서 느끼고 생각하느냐 아니면 민중의 밖에서 선택된 자아의식으로 사고하느냐의 차이"가 놓여있고, "민중으로서의 시인은 민중들을 사랑하고 민중들의 사랑을 받는 가수이자 동시에 민중을 교양하며 민중들의 존경을 받는 교사여야"[24] 한다는 실천윤리적 덕목의 함양이다. 즉 시인은 민중 자신이어야 하되, 민중성에 대한 철저하고 객관적인 시각을 담보하는 제3자의 자리 또한 확보해야 한다는 것이다. 초기 그의 풍자 시론은 민중적 사고와 의식을 떼어놓고 이해하기는 어렵다. 이를 뒤집어서 말하면, 민중성과 적대적인 존재의 실체를 그가 상정하는 것, 이런 측면에서 보면 아직까지는 김지하 또한 요소론적 세계관에서 완전히 벗어나지 않았다는 점을 알 수 있다. 아무래도 요소론적 세계관은 세계를 개별과 부분들의 작용에서 발생하는 갈등과 싸움의 국면에 중점을 둘 수밖에 없다. 전래하는 한국

민중의 삶이란 외세와 기득권층의 폭압과 지배에 신음하는 과정의 연속이고, 여기에서 내면적으로 축적되어 온 한과 비애의 정서를 김지하는 중요하게 바라보았다. 첫 시집인『황토』(1970)를 지배하는 시 세계 또한 헐벗은 민중의 한을 주조음으로 하는 암울한 서정의 세계였다.

> 이 작은 반도는 원귀들의 아우성으로 가득 차 있다. 외침, 전쟁, 폭정, 반란, 악질과 굶주림으로 죽어간 숱한 인간들의 한에 가득 찬 곡성(哭聲)으로 가득 차 있다. 그 소리의 매체. 그 한의 전달자. 그 역사적 비극의 예리한 의식. 나는 나의 시가 그러한 것으로 되길 원해 왔다. 강신(降神)의 시로.[25]

"한에 가득 찬 곡성"이 바로 이 땅 민중들의 모습이다. 그의 시가 처참한 민중의 실상을 전달하는 헤르메스적 기능을 담당하려는 의지가 엿보인다. 민중에 대한 무한한 신뢰와 깨침을 위한 노력은, 우선 민중의 약동하는 생명성과 본질을 이해하는 데서 시작한다. 단순히 억압받는 소외계층으로서 민중이 아니라, 세상을 변혁하고 개벽하는 주체 세력으로서 그 적극적인 기능을 파악하는 일이 김지하에게 중요해진다.『황토』시편이 형상화하고 있는 처참하고 비극적인 운명으로서 민중의 실상은 실존적인 주체로서 김지하 시인이 국가권력에 응전했던 모습과 상동적이다. 저항시인의 이미지와 상징은 그에게 민중적 풍자정신의 한 실례가 되었던 담시「오적」(1970)이 불러일으킨 사회적 파장으로 더욱 증폭되는데, 수탈과 억압의 주체였던 기득권 세력에 가하는 신랄한 비판은 지금까지의 소극적이고 연약한 대상으로서 민중의 강렬하고 생동하는 풍자적 기운을 되살린 문학적 동인(動因)으로 작용했다. 추상적이고 일면적이었던 그의 민중관이 초기의 컴컴하고 무거운 어조의 서정시와 상응했던 점과 마찬가지로, 담시 창작으로 이어진 시적 언어의 변모는 진정한 민중의 구체적인 실상과 이의 문학적 형상화의 주된 방법론인 풍자의 극대화와 상응한다고 볼 수 있다. 그는 대담 「민중은 생동하는 실체」(1984)에서, 서정시에서 담시 창작으로 이어진 정황을 다음처럼 말한다.

> 그전에는 서정시를 썼는데 한계가 있는 것 같아서 그랬습니다. 우선 개인적 주체를 포함한 집단적 주체를 위한 자기표현 방식이 필요하다는 생각에서였습니다. 다음으로는 그런 이야기 구조가 민중의식의 성장이나 역사의식의 확대에 대응하는 방향이라고 여겼기 때문이었습니다. 민중의식의 확대는 역사의식이나 사회의식의 확대를 말하고 자기가 누구냐는 질문이기 때문이죠. 세 번째로는 민중이 자기 발전을 하는 과정은 자기를 차단하고 있는 차단물에 대한 의식이 날카로와짐을 뜻합니다. 그런 의식과 자기를 가로막고 있는 것이 올바르지 못하다는 의식이 생길 때 저항이 생깁니다. 이 저항이 문학적으로는 풍자로 나타나는 거죠.[26]

민중의식의 확대가 결과적으로 저항을 불러일으키고, 이 저항의 문학적인 표현방식이 바로 풍자가 되는 것이다. 그의 담시 창작은 「풍자냐 자살이냐」에서 드러난 그의 풍자적 창작방식의 결과이다. 문학에서 풍자는 표현기법의 차원뿐만 아니라 풍자의 대상에 대한 정확한 이해를 전제로 한다. 그리고 풍자의 대상은 풍자 주체로서 민중과, 객체로서 민중의 삶을 둘러싼 세계이다. 민중 외부의 세계는 민중적 생명을 짓밟고 옭매는 모든 반생명적 존재이다. 김지하 초기 시론(풍자시론)의 기본 줄기는 서정시에서 담시로 넘어갈 때 명확한 실체로서 민중적 삶(생명)과 이에 반하는 반민중적 삶(생명)을 설정한 이분법적 구도이다. 주체와 객체가 서로 대립하고 상반되고 겨루는 상태에 대한 인식이 주가 된다. 이는 아직 생명에 대한 불분명한 인식으로 해서 생겨난 것이다. 좀 거칠게 표현하면, 1980년대 이후 펼쳐질 생명의 실상에 대한 복잡하고 심층적인 분석과 깨달음을 얻기 전의 소박한 생명론이 그의 머리에 자리 잡고 있었다고 볼 수 있다. 1970년대 중반 무렵부터 1980년까지 그의 문학적 공백기[27]가 이어졌지만 이 시기에 그는 동서양의 종교와 철학적 물음에 천착했다. 동학에 대한 공부도 이때 깊이 있게 이루어졌다. 그런데 민중과 생명, 그리고 우주적 상상력은 여전히 그의 시적 담론을 이해하는데 중요한 요소이다. 풍자정신의 문학적 발현인 담시 이후 대설(大說) 실험은 민중과 생명에 대해 한층 깊게 파고들어간 문학 작업이라 할 수 있다. 대설 「남」(1982)은 미완으로 그친 문학적 실험이었다. 여기서 그가 서정시에서 담시로, 담시에서 대설로 이어진 시적 창작 과정이 하나의 '문체'에 대한 그의 인식과 직결되고 있다는 점을 발견한다. 그에 따르면 문체는 "작가의 세계관"이자 "큰 테두리에서 민중학을" 보게 되는 핵심 요소가 된다.

그의 문체가 완성되었다는 것이 아니라, 이야기 구조라는 것을 인정하는 것이지요. 그래야 합니다. 예를 들어 보지요. 우리가 말을 할 때 '김지하란 놈을 만났다. 그가 나에게 돈을 주었다. 나는 그 돈으로 우동을 사 먹었다.' 이렇게 말합니까? 아니지요. '김지하 그 자식이 돈을 주면서 점심이나 먹으라고 하잖아. 배는 고프고 별수 있어? 아니꼽지만 못 이기는 체하고 우동을 사 먹었지.' 이렇게 말하지요. 이런 이야기 구조에는 우선 리듬이 있어 좋습니다. 그런데 현행의 문체들은 그런 생동감을 없애버리고, 민중의 모든 행동을 벽돌장으로 만들었습니다. 이야기 구조로 나가야 합니다. 저는 지금 쓰고 있는 大說에서 그걸 시험하고 있습니다.[28]

문체가 삶의 생동감과 동떨어진 회색의 언어일 수만은 없고, 이야기 구조로서 민중적 삶의 역동감과 생동감을 고스란히 보여주는 문학적 형식이 되는 것이다. 이는 민중에 대한 정확한 이해와 생명성의 인식을 전제로 하는 발언이다. 문학은 단지 민중을 반영하는 예술 매체가 아니라, 민중의 삶에 고스란히 핍진해서 들어가서 나오게 될 때 작가의 문체는 진정하고 솔직한 작가의 언어가 되는 것이다. 김지하는 「생명의 담지자인 민중」(1984)에서 민중적 생명론의 얼개를 전개한다. 특이한 점은 민중에 대한 인식을 불교적 사유에 입각해서, 고정불변한 개념으로 파악하지 말고, 즉 분별심을 버린 상태에서 민중에 접근해야 한다는 주문이다. 그는 민중을 '중생'의 차원에서 보아야 한다고 역설한다. 그리고 "오히려 민중의 실체·실상에 대해서 알려면 〈중생이라는 차원〉을 눈여겨보아야 하고, 중생이라는 차원을 진정하게 인식하려면 "이게 중생이다"·"이게 생명이다"하는, <중생이라는 분별>을 놓아 버려야 한다"[29]는 것이다. 이어지는 논의에 따르면, "진정하고 탁월한 의미에서의 생명이란 것은 그 생명에 대한 귀의와 그 생명의 체인(體認)과 체현(體現)이 중요한 것이지, 현실적으로 상대적으로 어느 시대·어느 사회에 주어져 있는 자기를 실체로 보고 그리 주장할 때는 이미 실체는 놓쳐 버린다는 뜻이"[30] 된다고 진술한다. 민중이 '민중'에 대한 상(相)을 버리고 '생명'에 대한 고정된 상을 버리는 것이 필요하다는 말이다. 이는 그의 민중 및 생명론의 일단에 지나지 않는다.

김지하의 시론은 생명과 민중에 대한 궁구와 밀접한 관련을 맺는다. 삶과 텍스트의 일치가 그의 시론 및 문학론의 대전제이다. 삶은 살림과 모심으로서의 생명 본의의 주요 과정이요, 텍스트는 문학과 민중적 삶의 상동이고 역동적으로 상응하는 언어로 표현된다. 이는 민중문학의 형식 문제와 직결한다. 민중문학의 주체는 삶이다. 삶은 민중적 생활양식에 근거하며, 드넓은 생명의 본질과 실체를 구성한다. 곧 민중의 삶이 주체가 되는 민중문학이다. 김지하에 따르면, "민중의 삶이란 생명의 본디 성품, 즉 본성에 따라 삶"[31]이다. 다시 말해 "자유롭고 통일적이며 창조적이고 순환적인 삶이면서 공동체적인, 그리고 처음도 끝도 없는 무변광대한 우주적인 생명의 경험 전체"[32]이다. 이 민중의 삶을 문학에 적용하면 그가 민중적 미의식의 핵심이라 일컬었던 '신명'혹은 '집단적 신명'의 이해에까지 이르게 된다. "신명은 활동하는 자유의 구체적인 모습이며 민중 스스로 민중의 삶을 창조하고 해방하고 통일하는 생명의 고양

된 활동"[33]이다. 신명은 민중적 생명의 본질이다. 신명과 함께 김지하 시론의 핵심을 담당하는 개념이 바로 '그늘'이다. 또한 그늘은 신명과 함께 김지하의 미학적 세계인식의 바탕이 된다. 민중적 미의식의 핵심으로서 '신명'은 '그늘'과 밀접하게 상관한다. 활동하는 무와 자유로서 '신명'이 내면에 응어리지고 쌓인 한을 푸는 데 관계있는 것이라면, '그늘'은 한이 쌓이고 쌓여 오랫동안 삶의 생명적 약동이 수축되고 움츠러든 것과 관계가 깊다. 그늘은 이중적인 속성을 지닌다. 다시 말해 "그늘은 빛이면서 어둠이고 어둠이면서 빛이고, 웃음이면서 눈물이고, 한숨과 탄식이면서 환호요 웃음"[34]이다. 이중적인 역설의 형태로 나타나는 그늘의 역사는 김지하에 따르면 신라 때부터 시작한다. 특히 향가의 「제망매가」에 나오는 슬픔, 이 슬픔은 한 나무에 난 두 가지가 하나는 저승으로 가고 하나는 이승에 남아있어서 생기는 슬픔으로, 이것이 그늘의 첫째 조건인 한(恨)이다.[35] 천이두 또한 역설적인 속성을 내포하는 한을 모색한 적이 있다. "즉 심리학의 범주에서 볼 때는 지극히 어둡고 병적이고 부정적인 속성을 드러내는 용어이지만, 윤리적·미학적 범주에서 볼 때는 그와는 정반대의 밝고 건강하고 긍정적인 속성을 드러내는 용어"[36]인 것이다. 한이 그늘의 첫째 조건이라는 것은 긍정성과 부정성의 양면을 포함하는 한의 이중적·역설적 구조를 그늘이 함축하고 있다는 뜻이다. 김지하가 미의식의 중요 요건으로 그늘을 제시할 때, 이 속에는 전래되는 한국인의 심성과 전통예술의 미학 요소로 자리매김 된 그늘의 복합적이고 카오스적인 양태의 의의를 간파했기 때문이다. 전통예술에서 인욕정진(忍辱精進)의 요소요 그 결과인 시김새와 수리성에 대한 의의가 그늘과 관련해서 뒤따라 나오는 것도 그의 논법대로라면 어쩌면 당연한 일일 것이다. 한국인의 심성에 면면히 흐르는 한과, 이 한의 구조를 함의하는 그늘의 미적 개념을 중심으로 놓고 볼 때 새로운 미학적 논의를 도출할 수가 있다. 삶과 텍스트의 통일성이라는 측면에서 그늘은 미학적·윤리적 패러다임의 도식을 이끌어낼 수 있는 것이다. 삶과 텍스트는 그늘 안에서 하나가 된다. 김지하가 서정주의 시를 비판하는 것도 삶의 고통을 외면한 그의 윤리적 태도 때문이다.[37] 생성론적인 우주관·생명관을 축으로 하는 김지하의 사상에서 그늘을 미학적 본질 요소로 설정하는 까닭 가운데 하나는, 그늘이 삶과 미학적 텍스트를 그 본질적인 의미에서 참 생명적 활동으로 만들어주는 기능이 되는 것뿐만 아니라, 우주적 기운에 영향을 미쳐 세상을 바뀌게 하는 동력인자로 작용하기 때문이다.

3. 그늘 시론의 생명 시학적 의의

김지하의 시론은 생명사상의 거대한 우주적 틀에서 마련한다. 생명은 너나없는 차원의 기운이 수렴하고 확장하는 신비의 문이다. 따라서 생명을 하나의 절대적인 개념이나 실체로 규정하는 것은 김지하에게는 그릇된 생명관이 될 수밖에 없다. 1970년대의 풍자시론이 민중의 삶의 형식과 속성에서 비롯하는 문학적 실천행위였다면, 향후 펼쳐지는 그늘 시론은 민중의 삶을 포괄하면서 우주적 시·공간으로 확충하려는 생명의 본질 작용의 의지를 담고 있다. 이는 그가 자신의 생명론의 요체를 '접화군생(接化群生)'으로 정의하는 데서 뚜렷해진다. 접화군생은 풍류도의 본질에 해당한다. "인간만이 아니라 뭇 동식물, 산 것들, 그리고 살았다고 이야기하지는 않지만 실제로는 산 것과 다름없는 무기물들, 돌, 흙, 물, 바람, 티끌마저도 모두 산 것으로 인정해서 접하고 즉 가까이 사귀어서 감화시키고 진화시키고 변화시"키는 접화군생은 김지하에 따르면, "20년 동안 생태학이니 환경이니 생명이니 이야기하면서 4~5년 전에 도달한 결론"[38]이다. 접화군생의 생명사상이 면면히 이어져 내려와서 동학의 불연기연(不然其然)의, 창조적 진화론과 인식 융합을 이루는 곳에서 김지하의 생명관은 돌출한다. 동경대전에서 최제우는 우주만물에 나타나는 현상과 그 현상의 근원이 되는 본질의 문제를 '기연(其然)'과 '불연(不然)'으로 말한다. 다시 말해 '기연'은 우리의 경험과 인식으로 쉽게 알 수 있고 또 설명할 수 있는 세계를 말하는 것이고, '불연'은 일상적인 경험의 세계로는 이해하기 어려울 뿐 아니라, 그 사실을 구별하기 어려운 세계를 말한다.[39] 접화군생에 함축된 살림과 모심의 원리와, 불연기연(아니다-그렇다의 논리)의 생명문법에 나타난 창조적 진화의 모순 어법이 사물과 존재를 인식하는 근본 바탕으로 작용한다. 이러한 생명 인식은 생명에 대한 실체 규명이라기보다는 온 존재를 이중적이고 모순된 상태에서 생성하고 확충하는 지점에까지 나아가는 창조적 사고이며 발상이 된다. 특히 불연기연의 생명 논리는 다음처럼 다양하게 증폭되기도 한다. 즉, "우주진화와 인류진화, 그 생명진화의 숨은 차원과 드러난 차원, 그리고 두 차원 사이의 관계와 변화에 대한 인식논리를 현대생물학(그레고리 베치트슨, 『정신과 자연』)과 현대물리학(데이비드 봄, 『숨겨진 질서』)

그리고 고생물학(테야르 드샤르뎅, 『인간현상』)에서와 똑같이 기술하며, 또한 뇌생물학과 사이버네틱스, 그리고 그 모방인 컴퓨터의 이중성이나 이진법, 불교의 깊은 무의식에 대한 알파와 여행인 참선의 근본원리 그 자체로서의 진화의 이중차원과 '아니다-그렇다'의 이진법적 인식논리 및 더블 메시지의 방법론"[40] 의 개진을 불러오는 것이다. 생명의 두 가지 양상인 숨은 차원과 드러난 차원에 대한 오묘한 궁리에 주목할 때, 김지하의 그늘 시론이 제기하는 문제의식을 찾아낼 수 있다. 그늘의 생명문법은 전통 사상의 생명인식의 전유와 계승에서 그 특징적인 면모가 드러나는 것이다. 시는 단순히 언어의 문제에 국한할 수 없다는 게 김지하의 생각이다. 즉 삶이라는, 생성하고 확충하는 존재의 자리에서 비켜나는 시는 진정한 창조적 예술 행위가 아니다.

> 그러나 어쩌랴! 시절이 '시' 보다 '삶' 을, '삶' 보다 '쌈' 을 더 요구했고 나는 본디, 이십 대의 어느 날 어느 벗에게 술 취해 떠들었듯이 '민족의 역사 위에 내 몸으로 큰 시를 쓰기' 를 각오하고 있었기 때문이었을까? 지금 생각해도 나의 지난날의 시적(詩的) 성취는 그리 뛰어난 것이 못 되지 않나 싶다. 그러나 분명한 것은 시는 삶의 연장이지 그 밖에 따로 있는 것이 아니다. 차라리 삶이 시가 될망정 시가 삶을 배신하는 일, 비평가들이 염치없이 흔히 떠벌리는 소위 '발자크 현상' 따위를 나는 솔직히 말해서 일종의 파탄이라고 밖엔 안 본다. 변명의 여지는 있겠으나 그리 바람직하지도 아름답지도 않은 일이라는 말이다.[41]

시가 삶의 연장이고, 삶이 시가 될망정 시가 삶을 배신하는 일을 파탄으로 바라본다. 삶이 시가 되고 그 삶의 연속체의 하나로 인식하는 것은 윤리적 패러다임을 시라고 하는 미학적 패러다임에 귀속하는 일과 같다. 삶은 생명의 운동 과정의 한 계기다. 생명의 창조적 진화와 다양성·순환성의 발현으로서 삶은, 생성하고 창조하는 미학적 언어 형식으로서 시와 일치가 된다. 이러한 생명시학적 논법은 김지하가 '발자크 현상'을 말하면서 비판한 리얼리즘 시론과 일정한 차이를 보인다. 삶과 현실을 반영하고 재현하면서 전망을 보여주는 리얼리즘 시론은, 작가의 실존적 삶을 문학적 성과에서 철저히 배제한다는 비판이 담겨 있다. 작가의 윤리가 미학적 성취와 동떨어져 있을 때, 그 문학적 작업 또한 성과와 별도로 불구로 놓이게 된다. 김지하는 "우리나라 예술에서는 삶의 윤리적 태도와 예술에 대한 미학적 관점, 이 두 패러다임이 일치해야 제대로 된 예술가로 본 것"[42]이라고 한다. '제대로 된' 예술가는 '진정한' 예술가이고, 진정한 예술가만이 예술 및 예술작품을 통해서 인간과 삶, 그리고 우주의 본질을 드러낼 수 있다. 이런 의미에서 삶의 윤리적·미학적 패러다임의 일치와 통일로서 그늘의 원리가 '생명'의, 무궁한 생성과 총체적이고 통일적인 우주 자연의 참모습과 엮이는 지점을 발견할 수 있다. 삶의 '그늘'이 인간의 어둡고 음습한 면을 지칭한다면, 이 그늘이 예술의 구성 원리로 작용할 때 보이는 긍정적이고 밝은 면의 잠재성이 작품의 미적 완성도를 높여준다. 어둠이 밝음을 전제로 하듯이 인생의 신산고초를 겪은 사람의 내면에서 삶의 중력을 박차고 초월하는 가능성이 전제되어 있는 것이다. 이중적이고 역설적인 속성의 그늘이 생명의 카오스적인 복잡성과 떨어질 수 없는 관계로 묶이는 까닭은 여기에서 비롯한다. 분열과 죽임의 문화가 횡행하는 현대사회에서 참 생명의 문화, 살림과 모심의 삶의 윤리를 요청하는 김지하의 논리 속에 삶과 불가분의 관계에 있는 예술적 진리를 민중적 미의식에 초점을 두고 파헤치려는 의지 또한 내장해 있다. 그리고 이것은 눈에 보이는 형식적·형상적 세계와, 눈에 보이지 않는 비형식적·잠재적 세계 사이에 이루어지고 있는 소통과 길항의 속내를 응시하면서 우주와 세계의 질적 변화를 꿈꾸는 시인의 욕망의 또 다른 이름인 것이다.

그동안 난 겨우 몇 편의 시를 발표했을 뿐이다.
누구나 다 아는 일이지만
요즈음 세상에 시를 쓴다는 노릇은
유사종교의 광신도 노릇하는 것만큼이나
지난한 일이다.
그러나 가을이 올 때마다 나는
내 목숨을 줄이더라도
몇 편의 시를 쓰고픈 충동에 몸을 떨었다.

- 김민부 시집, 『나부와 새』 후기에서

우울과 순수
- 김민부 시의 두 측면

생전에 두 권의 시집을 남긴 김민부 시인(1941~1972)은 가곡 「기다리는 마음」의 작시자로 더욱 잘 알려져 있다. 그런 만큼 시인으로서 독자들한테 덜 알려진 사실과도 맞물리는 점으로서, 이는 그의 시가 순수시의 절정을 추구한 이면에는, 대중들을 위한 가곡의 노랫말의 정결함과 함께 한국사람 고유의 정서를 표현한 점이 작용했으리라 본다. 가령, "기다려도 기다려도 님 오지 않고/빨래 소리 물레 소리에 눈물 흘렸네"(「기다리는 마음」 부분)처럼, 한국 사람의 정서에 사라지지 않고 끈질기게 남아 있는 정한(情恨)을 쉬운 노랫말로 형상화 한 점이 그렇다. 누구나 어렸을 적부터 듣거나 불러왔을 「기다리는 마음」은 단아하고 구슬픈 음률과 함께 가사에 나타난 정서의 보편성으로 하여 지금까지도 널리 애창되고 있는 것이다. 김민부 시의 특징을 「기다리는 마음」의 정서로부터 유추하는 것은 하나의 오류이겠지만, 이 시를 둘러싼 정조나 시어의 분위기로 그의 시 특징의 일단을 잡아보는 일 또한 아주 의미 없지는 않겠다. 다음은 「기다리는 마음」의 전문이다.

> 일출봉에 해 뜨거든 날 불러주오/월출봉에 달 뜨거든 날 불러주오/기다려도 기다려도 님 오지 않고/빨래 소리 물레 소리에 눈물 흘렸네 // 봉덕사에 종 울리면 날 불러주오/저 바다에 바람 불면 날 불

러주오/기다려도 기다려도 님 오지 않고/파도 소리 물새 소리에 눈물 흘렸네

-「기다리는 마음」 전문

임을 애타게 기다리는 화자의 슬픈 마음이 구구절절 묻어나는 시다. 아무리 기다려도 오지 않는 님은 바로 절대 차원에 임재해 계시는 임이오, 돌아올 듯하면서도 영원히 도래하지 않는 존재다. 소월의 「진달래꽃」에 나오는 임과 같이, 숙명처럼 이별의 상황을 미리 전제한, 그래서 이미 부재한 타자로서 주체의 존재 근거를 밑동부터 뒤흔드는 원인자이기도 한 것이다. 이 상황에서 배태되어 나오는 한(恨)이란 무엇인가. '그리움'이 영원토록 그리움으로만 놓여 있을 수밖에 없는 조건에서 나약한 시인은 제 살을 깎아 먹는 고뇌에 찬 시적 공간 속으로 침잠을 감행했을 터이다.

시인은 고향을 떠나 서울에서 직장 생활을 하면서도 틈틈이 써두었던 시편들을 1968년에 『나부와 새』라는 제2시집으로 묶어냈다. 그 속에 시 「생가」가 있어서 눈길을 끈다.

신약身弱하다고/아내가 약을 달여 주는/저녁에/문득 뜨락의 핏빛 맨드라미꽃을/보고/난 기억했다/철로가의 나의 생가를/거꾸로 매달려 있던/건 고기의 비늘마다 빛나던/일모日暮를……/기차가 지나가고/굉음이 울리면/가만히 떨리던/그 핏빛 맨드라미꽃을 // 경기 난 유아의/살을 찌르던/은빛 침의 아픔에 울던/그 순수한 모음을……

-「생가」 전문

생업 때문에 고향을 등진 시인에게 '생가'는 어떤 이미지로 남아 있는가. 그것은 "생가를/거꾸로 매달려 있던/건 고기의 비늘마다 빛나던/일모"와 "핏빛 맨드라미꽃"과 "은빛 침의 아픔에 울던/그 순수한 모음"이다. 시각과 촉각이 강렬하게 표출된 이 작품에서 김민부 시인이 생각하는 삶과 문학의 표정을 읽을 수 있겠다. 문학, 특히 시는 체험의 강렬한 순간을 이미지로 포착하는 경우가 많다. 또한 삶과 죽음이라는 실존의 근본적인 고뇌와도 쉽사리 이어지게 마련이다. 「생가」는 시인의 삶을 출발하게 한 최초의 공간으로서 놓여 있다. 세상의 지난한 업을 막 짊어지기 시작한 때, 영문도 모른 채 "순수한 모음"으로 울어대던 시기는 행복했으리라. 이는 또한 '삶'의 시작으로서 언젠가는 죽음의 세계로 들어가는 과정의 첫걸음이라 할 수 있다. 시인은 고향을 떠난 공간에서 "신약"한 채 앓고 있다. 그는 생가에서 체험한 유년의 삶과, 어른이 되어 부초처럼 떠도는 나약한 생활인으로서 겪는 '신열'의 아픔을 병치시킨다. 삶이란 게 언제나 왔다가 가는 것이 아닌가. 그의 시는 이렇듯 삶과 죽음의 과정을 지날 수밖에 없는 영원한 아포리아의 동굴 속에서 아프게 열매 맺는 슬픔의 표정에 지나지 않는다. 따라서 그의 시에서 '순수'의 표징은 곧잘 죽음과 우울의 포즈로 드러나는 것이다.

김민부는 고등학교 재학 중에 펴낸 첫 시집 『항아리』(1956) 후기에서 그 자신이 표방하는 시 세계를 이렇게 정의한 바 있다. "산문적인 요소와 감각적인 경험 세계를 배제함으로써 순백한 경지에서 감동의 미를 추구하는 것이 나의 시 정신이기도 했다."순백한 경지에서 감동의 미를 추구하는 것, 이것이 초기 김민부 시인의 '시 정신'이었다. 물론 시인이 후기에서 밝힌 시의 지향점과 작품에 드러난 시적 형상화는 별개의 문제일 것이다. 그가 순백하고 순정한 시에 목말라했다는 증거는 첫 시집에 실려 있는 「들꽃 I」을 보더라도 알 수 있다. 『항아리』에 실려 있는 모든 시어들이 시어의 순결함과 담백한 정서를 표출하고 있다.

> 언제쯤 이 꽃들은 시들어버리고/언제쯤 이 꽃들은 지고 말 것인가 // 맨 먼저 피어난 꽃은/언제쯤 시들어버리고 // 맨 마지막에 시들어버릴 꽃은 무슨 꽃이며 어느 꽃이겠는가 // 산을 하늘을 먹고 사는 고운 버릇을/잊어버린 그 이튿날에는 // 어느 벌판으로부터 불어오는 바람으로/연명하여야 하겠는가
>
> -「들꽃 I」 전문

들꽃의 생리를 "산을 하늘을 먹고 사는 고운 버릇"으로 표현했다. '꽃'을 소재로 한 시들이 대개 아름다움이나 순수, 그리고 열정 같은 이미지로 나타나는 것은 자연스러운 일이랄 수 있다. 보편적인 심상의 고정관념에서 탈피하기 어려운 것이 사실이다. 「들꽃 I」 또한 '꽃'이 지니는 보편적인 관념에서 벗어난 작품은 아니다. 다만 작품에 쓰인 시어들에서도 알 수 있듯이, 주제 의식이나 의미보다도 시어의 깨끗함과 순백한 운용에 더욱 힘을 쏟았다는 정황이 포착된다. 1950년대 중반의, 그 가난하고 힘겹던 시절을 지나던 시

인의 마음에는 진흙 같은 현실의 표면에서 뿜어내는 고통과 상처의 그늘이 그 누구보다도 힘겨웠을 테다. 절대부정의 세상에서 그나마 시인의 마음을 위로할 수 있었던 것은 시였고, 시에서나마 완전하고 절대적인 순수의 세계에 안착할 수 있었으리라 추측한다. 그는 현실을 외면했다기보다는 현실을 힘껏 끌어안으면서 또 다른 순백의 우주를 그렸던 것이다. 자연과 사물에 드리운 티 없는 고요를 시인은 즐겨 불러냈다. 「닭」 또한 마찬가지다.

> 닭 세 마리/옹기종기 모여 앉으면/한낮 시계는 석 점을 울렸다 // 홰를 치는 놈은/왜 저리 게으른 노래만 부르고/달밤이 올 줄은 모르는가 // 늦가을 햇살이/연신 목을 졸라맨 헛간 그렁지를/삼키고 사립을 열치고 마을길을 줄달음치곤 돌아와/마루에 걸터앉았다 // 하루 종일 짚가락을 파헤친다고 해도/지렁이 한 마리도 안 걸리는/재수 없는 날일 테면/닭은 슬퍼야 한다던가 // 하릴없이 여윈 발가락의/피 묻은 상채기나 쫓고/글썽거리는 눈물은 짚가락에 묻어라 // 닭 세 마리/옹기종기 모여 앉으면/한낮 시계는 석 점을 울렸다

- 「닭」 전문

닭을 묘사한 시다. 이 작품에서 되풀이 되고 있는 구절인 "닭 세 마리/옹기종기 모여 앉으면/한낮 시계는 석 점을 울렸다"에 보이는 고즈넉한 풍경이 위 시의 핵심적인 정조요 분위기다. 인간을 둘러싼 사물과 자연에 대한 지극한 애정이 없다면 쓰기 힘든 작품

이다. 세상의 한 점을 찍는 솜씨에서 시인의 특출 난 시적 힘이 드러나는바, 인간을 포함한 모든 생명의 애잔한 존재성을 닭의 동선에서 그려냈다. 시인은 닭이라는 존재 양상에 대한 인간적 스케치로 정경을 형상화한다. 우리가 이 시에서 느낄 수 있는 분위기는 대체로 인간 존재와 현실에 대한 고민보다는 사물의 존재 양상을 극적으로, 그리고 창조적으로 확충하는 시인의 시선이다. 그것은 존재에 대한 순수 의식의 발로에서 기인한다. 시는 언어의 순수한 결정체다. 그 속의 세계는 폭우나 화염처럼 여기저기서 폭발하는 사물의 정념이 존재하기도 하고, 마치 정적의 한가운데에 있는 것처럼 한없는 고요에 빠져들기도 한다. 후자가 바로 시집 『항아리』에 실려 있는 시편들이 자아내는 표정이다. 「닭」 뿐만 아니라 "소는 자꾸만 팔려야 하고/나는 또 나를 팔아야 했다 // 나같이 어리석은 소들을 몰고/밤새워 고개를 넘으면/나를 파는 소들도 있었다"(「소」 부분)나, "산양을 데리고/오월이 가는구나 // 나는 애틋한 마음의 낙서질/산양처럼/푸섶이나 뜯고 살자"(「산양」 부분)처럼 첫 시집에 실린 여러 작품들에서 비슷한 표정들을 볼 수 있다. 동물이나 가축을 매개로 시인의 의식이 전이된 시들에서는 그 특징상 사회와 존재 일반에 대한 가치 인식이 끼어들 틈이 없는 것이 일반이다. 시인의 눈길이 향하는 대상은 순수 존재로서 사물이나 생명체이고, 이들 순수 존재의 윤곽과 생태에서 시적 창조의 극적인 언어 운용술이 펼쳐진 것이라 보인다.

시의 절대 순수를 꿈꾸던 시인의 두 번째 시집 『나부와 새』(1968)는 첫 시집과 대략 10년 정도의 간극에서도 볼 수 있듯, 시 세계 또한 변모했다. 10대 때 시적인 천재성을 보이며 순백의 언어를 펼쳤던 『항아리』 때와는 달리 여러 곳에서 죽음의 이미지가 튀어나오는 것이다. 세상의 부정성과 아울러 시인 내면에 암세포처럼 퍼져 있는 절망과 우울함이 이를 촉진했으리라. 어떤 의미에서 보면 정결함과 순수함은 그 뒷면에 손을 대면 물기에 흠뻑 젖지 않을 수 없는 우울함이 자리 잡고 있기 마련이다. 이는 사회적 인간이 흔히 겪는 감정의 표시이기도 하지만, 시인 특유의 감성이 불온한 세계와 맞부딪치는 곳에서 진득하게 배어 나오는 언어의 눈물일 수도 있다. 두 번째 시집에는 마치 '자서'처럼 「서시」가 맨 앞에 놓여 있다.

> 나는 때때로 죽음과 조우한다/조락한 가랑잎/여자의 손톱에 빛나는 햇살/찻집의 조롱 속에 갇혀 있는 새의 눈망울/그 눈망울 속에 얽혀 있는 가느디가는 핏발/내가 살고 있는 아파트의 창문에 퍼덕이는 빨래……/죽음은 그렇게 내개로 온다/어떤 날은 숨 쉴 때마다 괴로웠다/죽음은 내 영혼에 때를 묻히고 간다/그래서 내 영혼은 늘 정결하지 않다
>
> -「서시」 전문

「서시」와 함께 눈길이 가는 부분은 '시집 『나부와 새』 후기'다.

> 그동안 난 겨우 몇 편의 시를 발표했을 뿐이다. 누구나 다 아는 일이

지만 요즈음 세상에 시를 쓴다는 노릇은 유사종교의 광신도 노릇하는 것만큼이나 지난한 일이다./그러나 가을이 올 때마다 나는 내 목숨을 줄이더라도 몇 편의 시를 쓰고픈 충동에 몸을 떨었다.

- 시집 『나부와 새』 후기 부분

'후기'에서도 확인할 수 있는바, 김민부 시인이 '시'를 보는 시선은 절대적이다. 이는 "목숨을 줄이더라도 몇 편의 시를 쓰고픈 충동"으로 나타난다. 절대적인 '종교'로서 '시'가 시인에게는 그 어떤 것에도 견줄 수 없는 삶의 근거요 밑동이다. 그가 시를 절대적인 것으로서 인식하는 만큼, 그의 시에는 응결되고 순결하면서도 명징한 이미지들로 가득 차 있다. 그런데 김민부의 확고한 시 의식 속에 도사리고 있는 '죽음'의 소재는, 쉽게 상처받고 여린 감성으로 들어온 이방의 존재가 아니었을까. 그것은 '죽음'따위야 쉽게 포용할 수 있는 마음의 틈이 시인에게 애초에 있었다는 말도 된다. 하지만 이런 특징은 고통과 괴로움이라는 양상을 수반할 수밖에 없다. 시인은 자기 자신의 본래 감성과 싸우면서 시적인 정결함을 욕망한다. 이러한 이중의 '과업'과, 여기에다 생활인으로서 겪는 현실의 굴레가 태엽 꽉 감긴 시계처럼 돌아가는 일은 한마디로 말해, '시한폭탄'이 될 위험으로 상존했을 것으로 예감한다. 「서시」에서 부딪치는 '죽음'은 기실 특정한 시간과 장소에서 출현하는 것이 아니라 일상의 파편이나 한 부분에서 튀어나온다. 가령 "조락한 가랑잎/여자의 손톱에 빛나는 햇살/찻집의 조롱 속에 갇혀 있는 새의 눈망울/그 눈망울 속에 얽혀 있는 가느디가는 핏발/내가 살고 있는 아파트의 창문에 펴덕이는 빨래"같은 것들에서이다. 죽음은 언제라도 찾아올 수 있다. 하지만 언제라도 죽음을 의식하는 일은 쉽지가 않다. 죽음의식이 극한에 다다를 때 이는 죽음을 향한 의지가 된다. 『나부와 새』에 수록된 시들에는 뒤집어 말해서 곧 다가올 죽음을 맞이하는 시인의 물기 묻은 음성이 녹아 있다. 가령, "대낮에/절간 마루 밑에서/고민하던 달빛은/지금 죽음을 생각하고 있다"(「소백산에서」 부분)의 경우가 되겠다. 단정적인 말투 속에 도사리고 있는 죽음의 수락이나, 죽음에 대한 '환대'가 그로 하여금 죽음의 전경화에 이바지하고 있음을 알아차릴 수 있다.

그의 죽음의식은 생(生)의 마지막에 도달하는 자리를 생각함으로써 더러 삶의 회억이나 술회처럼 그 긴장이 풀어져 버리는 작품으로 표출되기도 한다.

> 나는 때때로 생각한다/태어난 대로 살아가리라/구르는 가랑잎의 행지行止……/술잔 속의 귀뚜라미 울음/배척에 우는 겨울/타구 속에 뱉는 오수를/대낮에도 소매를 잡는 죽음을/자정 가까이 짖는 개를/힐책하지 않고/마른 노을 속에서/우계를 기다리며/퇴락한 술집에서/친구를 기다리며/짚단 같은 무식과/오양깐 냄새 나는/자기自棄와/일모日暮를 핥으며/나도 노인이 되어가리/그래서 달밤 속을 어정거리며/파이프 속에서/죽음이 끓는 소리에/귀를 기울이리……
>
> -「나는 때때로」 전문

시인은 예감한다. "파이프 속에서/죽음이 끓는 소리에/귀를 기울이"겠다는 마음에는 삶과 죽음이라는, 인간에게 어찌할 수 없이 예정된 생명의 굴레를 거부하지 않으리라는 의식이 숨어 있다. 마치 모든 삶이란 허무한 것이며, 언젠가는 맞닥뜨리게 될 죽음의 그림자를 피하지 않겠다는, 경건하지만 단호한 의지를 엿보게 된다. 도저한 죽음의식을 지닌 채 삶을 관조하는 시인에게는 밝은 이미지나 낙관적인 희망의 요소는 찾아볼 수 없다. "오양깐 냄새 나는/자기自棄와/일모日暮를 핥으며/나도 노인이 되어가리"에서 보는 것처럼, 생의 강렬한 의지보다는 어찌할 수 없도록 무력하고, 절망스러운 상황 앞에 체념한 듯한 연약한 한 남자의 실루엣만 어른거린다.

시인이 죽기 4년 전에 출판된 두 번째 시집을, 그의 때 이른 죽음을 예감하는 언설로 되짚어서 유추하는 것도 선부른 해석이지만 어쨌든 시인의 죽음과 아주 관계없는 시작(詩作)의 한 과정일 뿐이었다고 진단하는 일 또한 시 분석의 존재론적인 오류에서 벗어나기는 힘들 것이다. 시인의 삶과 작품을 완전히 갈라놓는 비평이 저지르는 분석적 함정 또한 마찬가지다. 그런데 시인의 유고 시집인 『일출봉에 해 뜨거든 날 불러주오』(새미, 2007)를 읽으면서 느낀 점은, 과연 시인은 마치 죽음을 예감이라도 한 것 같은 마음에서 시를 쓰지 않았을까 하는 의문을 지워버릴 수 없다. 시인에게 '유고 시집'은 시인 자신의 시적 세계의 마침표인 동시에, 시인 자신의 특수한 존재성을 세상에 내보이는 상징과도 같다. 더군다나 생전에 한두 권의 시집만을 출간하고 요절한 시인일 때는, 오히려 유고시집이 자신의 시 세계의 모든 표정을 담아내고 있는 경우가 많다. 보통은 시인의 사후(死後)에, 우리는 그런 시인이 있었음을 뒤늦게 확인한다. 김민부 또한 마찬가지다. 마치 초혼처럼 「기다리는 마음」을 써 내려 간 시인의 펜 끝에는 온통 '가을'과 '죽음'으로 물들어 있었다.

> 시방은 가을/죽어버린 사람의 그림자와/비 젖은 램프의 등피가 떨고 있는/박암薄暗의 술집에서/술을 마시면/비는 길바닥에서 탄다 // 이제는 돌아가리/전차를 타고/반쯤 부식한 얼굴을 들고
>
> -「비가悲歌 Ⅰ」 부분

> 가을은/죽은 가랑잎을 갉는/들쥐의 어금니에 번쩍거린다/가을은/묘비를 적시는/몇 줄기 비로 내려서……
>
> -「가을은」 부분

> 버리고 싶은 목숨과/살아 있는 나날의/이 끓는 진공/어디선가/아내가 오고 있을 것이다/능욕같이 슬픈 가랑잎을 맞으며……
>
> -「추일秋日」 부분

> 지우산을 펴면/포말로 튀는 가을……/가을 비 속에서/난 비 젖은 아랫도리부터/죽어 오는데
>
> -「단장斷章 I」 부분

시인에게 가을은 죽음을 부르는 계절이었나 보다. '죽음'만한 '시'가 어디에 있을까. 사실 죽음은 생의 소멸이 아니라, 또 다른 삶의 시작이다. 여기에서 시인이 예감한 죽음의 단면이 엿보인다. 그것은 기형도의 '죽음'처럼 그로테스크하면서 일상적이다. 현실 곳곳에 산재한 죽음의 얼굴들을 확인하는 시인의 심정은 삶의 광폭하고 뾰족한 삼투압을 생생하게 느끼는 것처럼 잔인했으리라. 이는 단순한 절망이나 우울함의 차원이 아니다. 한 사람이 시를 쓰는 시인이 되는 일은 영광스럽지도 축복이지도 않다. 적어도 김민부 시인에서만큼은 그렇다. "반쯤 부식한 얼굴"(「비가悲歌 I」)이거나 "비 젖은 아랫도리부터/죽어"(「단장斷章 I」)가는 한 사람의 모습을 상상하는 일은 고통스럽다. 아래로부터 힘껏 잡아당기는 온갖 추접스러운 삶의 중력을 가까스로 밀치면서 향하고자 했던 시의 화관(花冠)은 과연 어디에 있었을까. 시인은 끈질기게 캐물었으며, 세상은 질기게도 시인의 바람과 물음을 거부했다. 세상과 시인의 소통할 수 없는 관계 속에서 나자빠지고 죽어가는 존재는 더 이상 물어보지 않아도 알 것이다. 시인이다. 세상은 그대로인데 시인은 죽어간다. 사람이기 때문이지만 그 죽음은 여느 사람의 죽음과는 비견할 수

없다. 봄, 여름, 가을, 그리고 겨울을 되풀이해서 맞이하는 이 자연의 순리 앞에서 시인은 가을에다 삶의 마침표를 찍고 싶어 했다. 그리고 그는 가을에 죽었다. 죽음은 삶의 뒷면이고 낯선 손님이다. 이 낯선 손님이 시인의 발목을 붙잡을 무렵 그의 시는, 여태껏 그가 꿈꾸었던 지복한 무늬로써 얼굴을 쳐들지 않았을까. 순백한 종이 위에 써 내려간 온갖 그리움의 글씨들이 가을날 보도 위에 떨어지는 가랑잎처럼, 혹은 백사장에 반짝거리는 사금파리처럼 떠올랐지 않았을까.

위선자여/ 학문과 지식으로 무장된 거짓말쟁이여/
그대는 책을 읽고 그대로 지껄이는/ 앵무새여서는 곤란하다./
너의 상상과 철학은/ 너의 생활 주변만 맴돌고 있을 뿐/
가난한 사람들의 고통에 미치지 못한다./
책에서 배운/ 머리로 하는 사회학과/
노동으로 익힌/ 목숨으로 하는 사회학과/
배가 불러 쇠고기를 씹어 뱉으며/
노동자를 입에 올리는 사람과/
가난하고 가난해서/ 노동자가 노동자를 입에 올리는/
사람과는/ 누가 더 인간다움인가.

- 임수생, 「절실함은 무엇인가」에서

산조(散調)의 시와 투명한 정신의 삶을 위한 엘러지(elegy)
- 임수생 시의 세계[43]

1.

포스트모더니즘이 한때 우리 문단을 휩쓸던 때가 있었다. 지금은 사그라진 감이 없지 않지만 대략 2000년대 초까지만 하더라도, 학계의 포스트모더니즘 소개와 담론의 활성화에 힘입어 시와 소설에서 주체의 소멸과 붕괴를 자행하면서 끝 모를 욕망과 세계에 대한 무분별한 해체의 움직임이 마치 저 '강남스타일'처럼 사람들로 하여금 우스꽝스러운 춤사위, 아니 '글 사위'를 양산했던 것이다. 그런데 곰곰이 생각해보면 아직도 '문청'이나 문청을 갓 벗어난 문단 신인의 글이란 게 우왕좌왕 천방지축, 그러면서도 또한 뭔가 의미심장한 철학적 경구라도 품고 있는 듯이 자못 심각한 표정으로 우매한 대중들을 째려보면서 속으로는 이렇게 중얼거리는 것이겠다. "문학은 죽었다"라고. 각종 종언 담론이 우리 사회를 휩쓸던 무렵에는 문학 행위가 마치 종착지도 없고 이정표도 닳아 떨어져 나간 길 위를 달리는 버스를 간신히 세워 차에 올라타고서는, 그제야 자신들이 탄 버스가 전망 없는 잿빛 유희의 상자 속이었음을 깨닫게 되는 자들의 무료한 글 사위였지 않을까. 이와 반대로 '문학'이 이를테면 '희망'이나 '전망'의 복된 오솔길로 이끄는 유익한 문화실천이 된다고 믿는다면 어떠할까. 아니면, 이도 저도 아니긴 하지만 글 자체가 어찌 됐건 작가 정신의 산물이고, 작가의, 세계를 향한 목소리의 알갱이이겠기에 글과 세계가 맺는 관계에 대한 순수한 믿음을 지닌다면…. 임수생 시인을 만나고 난 대략적인 소감이다. 류명선 시인은 임수생을 가리켜 '혁명을 꿈꾸는 시인'[44]이라 했거니와, 혁명이 '전복'이나 체제변혁의 강력한 에네르기를 불러일으키는 사회적 의미와 결코 동떨어질 수 없는 것이라면 '아직도' 그는 문제적인 시인이라 할 수 있다. 혹자는 오늘날의 사회에서 '혁명시인'이라는 말이 주는 뉘앙스에 시니컬한 반응을 보일지도 모르겠다. 그도 그럴 것이 혁명적 의식이, 과장된 낭만주의의 사생아거나 돈키호테처럼 철 지난 이데올로기적 망상을 현실과 동일시하는 데서 생겨난 의식의 부산물이라 생각할 수도 있을 것이다.

> 사막을 늘어지게 누운 지하실의 꽃밭에서/강물 위에 잠겨 있는 묘비가 살아 있다./이들은 왜 스스로를 절규하는 囚人으로 생활하는가./실로 많은, 바라보이는 위대한 수목들이 목이 말라 먼 海原을 물결치고 있는 것을 나는 보았다.
>
> -「역사」 부분(『깨꽃, 그 진한 빛깔의 철학』, 1986)

1959년 4월에 쓴 시 「역사」의 마지막 연이다. 임수생의 말에 따르면 첫 시집인 『형벌』(정토문화사, 1959)이 수중에 남아있지 않다고 했다. 1940년 부산 출생인 시인이 약관의 나이가 채 되지 않을 때 쓴 시다. 4·19와 5·16의 격랑의 역사적 사건을 앞둔 시점에서 시인이 바라보는 역사는 단적으로 말해서 "절규하는 囚人"이었다. 주체할 수 없는 파토스를 지닌 청년의 눈에는, 전쟁의 상흔과 폐허가 되어버린 땅 위에서 아비규환처럼 혼돈한 역사적 공간이 거대한 감옥으로 비쳤던 것이다. 여기서 우리는 시와 시인의 관계에 대해서 다시 한번 생각하지 않을 수 없다. '시인'이 세상과 절연한 채 완전히 홀로, 오롯한 실존인으로서 존재하지 않는 한에서 그는 사회와 역사적 존재일 수밖에는 없을 것이다. 따라서 우리는 이런 진단이 가능해짐을 능히 짐작한다. '시는 세상을 바라보고, 선택하고, 인식한다.' 일정한 한계를 지니고 유한성의 테두리가 자신의 인간적 경계에 둘러싸인 가냘픈 존재라 불러 마땅한 사람이 또한 시인이다. 당대의 지성과 대중적 의식을 압축하여 정서적·감각적 언어로 형상화하여 세상을 향해 던지는 말의 정수가 시다. 그러나 이것도 어디까지나 필자의 편견이 들어있음을 인정한다. 시가 전부는 아닌 것이다. 시 이전에 시인이 있고, 또한 시인이기 전에 한 사람의 의식이나 마음이 선행하는 것이다.

> 나는 기타를 퉁긴다/영혼의 불꽃을 보며/나는 기타를 퉁긴다/直觀의 환희를 맛보며/나는 기타를 퉁긴다/자유의 함성을 들으며/나는 기타를 퉁긴다/발표될 수 없는 시를 쓰며/나는 기타를 퉁긴다/출항의 깃발을 흔들며/나는 기타를 퉁긴다/서툰 솜씨로/서툰 솜씨로/나는 기타를 퉁긴다
>
> -「散調」 전문(『깨꽃, 그 진한 빛깔의 철학』, 1986)

기타를 퉁기며 즉흥의 의식을 드러내는 위 시에서 필자는 50여 년의 시력 동안 임수생 시인이 펼쳐왔던 시 세계와 시인됨의 면모를 언뜻 보게 됨을 느낀다. 완성된 존재가 시인이 아니듯이, 시 또한 이 세계를 토로하는 가장 정결한 방식은 아닐 것이다. 시인의 언어는 사회와 역사적 분위기와 인간의 내밀한 정서들이 무늬화 된 것이라 한다면, 우리는 '한국적 자본주의' 혹은 '한국적 민주주의'가 진행되었던 지난 세월 동안, 눈에 드러나거나 드러나지 않았던 비인간적 생명 말살과 죽임의 세계가 횡행했던 시공간에서 방향을 잃은 청년의 실존을 그의 '언어'를 통해서 직감하는 것이다. 기타를 퉁기는 행위가 반복되어 드러나는 중에 진술하고 있는 "영혼", "직관", "자유", "출항"의 언어란 실상 모반의 언어로서, 삶에 주어진 기존의 세계 질서와 체제에 대한 불온한 의식의 발현이 아니었을까. 하지만 그의 불온한 의식 또한 '산조'란 제목이 가리키는바, 즉흥적인 가락으로 놓여있음을 보게 된다. 무질서한 한국사회는 시인의 정념이나 감성적인 언어로써는 감히 조정할 수 없는 것이다. 다만 미세한 떨림에서 비롯하는 순결한 시 의식은, 시를 통해서 독자가 느끼게 되는 감응과 무관하게 일정한 방향을 띤다. 시인이 발 딛고 있는 세계 환경에서 동떨어진 '시적 순수'는 아마도 임수생 시인에게는 언어적 향락이나 사치로밖에는 보이지 않을 것이다. 그리고 언어적 향락을 일삼는 말은 임수생 시인에게는 그야말로 무의미한 말들의 배설일 뿐인 것이다. 문제는 시가 공동체의 가치에 부합하느냐 그렇지 않냐는 것이고, 이 냉엄한 양자택일을 강요하는 척박한 시대에서 시인은 서슴없이 전자를 택했던 것인바, 시인에게 시는 '혁명'이나 '변혁'같은 강철의 수사를 굳이 붙이지 않더라도 절체 절명의 벼랑 위를 견디면서 혹은 스스로에게 희생의 화형(火刑)을 감내해야만 세상에 맞설 수 있는 무기와도 같은 것이었다.

2.

2014년 12월 5일 오후 4시, 동광동에 자리한 푸른별 출판사 사무실에서 그를 만났다. 출판사를 운영하는 류명선 시인과 함께였다. 백발의 노신사는 거침없고 또렷하게 자신의 의견을 말했다. 올해 우리 나이로 76세이지만, 그 연배가 간혹 드러내는 기억의 착오나 포장 같은 것은 볼 수 없었다. 자신이 보아온 문단의 환경과 사실에 입각하여 시인이 행해왔던 시적 실천과 행동에 관한 얘기가 그날의 주된 화제였다. 그 가운데 필자가 주목한 내용은 그가 김규동과 박봉우와 함께 1950년대를 대표하는 통일시를 쓴 시인이었다는 세간의 평이었다. 이는 김규동과 박봉우, 이 두 시인이 전후 문단에서 차지하는 한국시의 '비중'과 나란히 그의 이름이 거론되었다는 '놀라움'이나 '신선한 충격'보다는, 스무 살 무렵의 청년 시인이 통일을 염원하던 절절한 목소리가 2000년대에 들어와서도 전혀 변하지 않고, 어째서 여전히 위정자들과 반민주적 작태를 보이는 세력들에게 날카로운 죽창으로 전이해 거친 시적 언어로 이어져 왔는가에 대한 '의문'과도 관련한다. 이러한 의문이 사실 과한 생각이 아닌 것이, 젊어 혈기왕성한 사람도 나이가 들면 그 의지가 닳아지거나 순해지듯이, 젊어 패기 넘치며 강한 언어로 세상을 질타하던 시인도 세월이 지날수록 내면의 어둠 속으로 고요히 침잠하는 경우가 허다하기 때문이다. 그에게 시는 무엇인가. 고백하건대 필자가 평소에 생각하고 있던 조악한 시론 따위는 대담을 위해 그를 만나기 직전 허공으로 일부로 날려 보냈다. 예의가 아니었기 때문이다. 그런데 그와 이야기를 나눌수록, 어쩌면 시나 문학을 떠나 사람이 제 둘레의 존재들에 보이는 최대한의 예의가 초심의 감정과 인식을 버리지 않고, 오히려 고집스레 손에 쥐면서 이를 강화하려는 의지가 아닐까 하는 생각이 들었다. 임수생은, 그러니까 문학을 하면서부터 다졌던 최초의 의지를 변화무쌍한 세상의 헛것들에 휘둘리지 않고 지금까지 지켜온 야인(野人)이었던 것이다. 이런 생각이 들자 그의 말 한마디 한마디가 예사롭게 들리지 않았다. 필자의 미욱한 질문에 연신 "하모, 하모" 답하며, 자신이 살아온 내력을 들려주던 영락없는, 줏대 강한 '촌부'이자 완고하나 강직한 선비였던 것이다. 그러자 며칠이 지난 뒤 나는 아래의 말에 쉽사리 수긍이 갔다.

①

우리의 남쪽나라 사회와 정치판은 부도덕하고 질서가 없다. 거짓과 가짜가 민주주의의 탈을 쓰고 악랄한 폭력을 휘두르고 있다./우리에게 가장 절실한 문제는 민족이 하나 되는 조국통일과 지구와 자연에 대한 관심 그리고 인류에 대한 사랑이다.

②

시는 당시대 사람들의 삶과 감정의 표현이다. 삶이 짓밟히고 고통을 받을 때 사람들은 삶을 수호하기 위해 저항한다./저항은 문학의 기본정신이다. / 시인은 언제나 당시대가 필요로 하는 시대정신으로 무장해 민중의 앞장에 서서 삶을 지키며 시를 써야 한다는 것이 나의 시론이다. / 시대정신은 참다운 삶을 살아가기 위한 올바른 역사철학과 혁명철학을 말한다.

- 『지구여 지쳐가는 지구여』(푸른별, 2013) '시인의 말' 전문

그러니까 시집의 서문 격인 '시인의 말'이 곧 자신의 세계관이나 가치관으로 쉽사리 전이되는 속에 임수생의 문학적 표정으로 놓여있는 까닭을 이해하게 된 것이다. '시인의 말' 전반부가 우리가 처한 현실적 상황을 핍진하게 폭로하고 있다면, 후반부는 그런 현실과 역사적 조건에서 감당해야 할 문학의 책무에 대한 소박하면서도 강렬한 요청이다. 통일과 인류애라는 공동체의 조건에서 시작하여 결국 "언제나 당시대가 필요로 하는 시대정신으로 무장해 민중의 앞장에 서서 삶을 지키며 시를 써야 한다는" 시론 자체가 더도 말고 임수생의 시인됨의 면모를 직접 보여준다 하겠다. 선언적인 냄새가 물씬 풍기는 위의 전언은 너무도 절절한 나머지, 마치 형장(刑場)에 다다른 시인이 내뱉는 장엄한 말씀처럼 느껴진다. 그런데 그가 살아온 이력을 들으면 오히려 숙연해짐을 어쩔 수 없다. 즉 좌익사상가였던 아버지와, 또한 어머니마저 사상가가 되어 복역을 한 경험이 있었던 집안의 형세를 보고 자란 시인이 아니었던가. 전쟁으로 행방불명이 되어 아직도 생사 확인이 되지 않는 아버지와 굳은 신념 하나로 생을 지탱하다 돌아가신 어머니는, 시인에게 비극적인

가족사를 낳게 한 거대한 역사의 물줄기를 직시하는 존재로 탈바꿈하게 한 주요 동인(動因)이 되었다. 이런 환경 때문이었는지, 아니면 태생적인 반골 기질 때문인지는 몰라도 그는 지금까지 여러 번의 필화와 검열로 고초를 겪었다. 1959년 10월 9일 부산 경남 한글날 백일장에서 장원을 차지한 작품 「지붕」 때문에 부산중부경찰서에 끌려가 고문과 조서를 받은 일이나, 그해 7월에 쓴 「반도의 꽃노을」이 검열에 걸려 곤욕을 치른 일이 그렇다. 그 뒤에도 공안 당국의 그에 대한 사상 동향 감시 및 부산시 문화상 수상의 강제 취소와 같은 고초를 겪게 된다. 정권에 미운털이 박혀 버린 시인이었던지라 그의 문학적·언론적 행보 일거수일투족이 감시 대상이었다. 시인으로서 정권의 반민주적·반민족적 만행을 고발하는 시들을 꾸준하게 발표함과 동시에, 또한 언론인으로서 정론직필의 기사를 견지했다. 그리고 1988년 7월, 당시 부산일보 기자였던 그는 언론자유와 편집권 독립을 요구하며 파업을 주도했다. 부산일보 노동조합 쟁의 특보에 격시 「연필은 총칼 앞에 굴하지 않는다」를 썼고, 이 시는 부산일보사 안 곳곳에 붙여져 투쟁을 상징적으로 이끌었다.

그가 격랑의 시대를 거치면서도 시대와 쉽사리 화해하지 않고 '대의'의 신념을 잃지 않은 사실은 주목할 만하다. 이른바 책상머리 지성인의 소극적이고 현학적인 담론의 동굴에서 과감하게 뛰쳐나와 삶의 현장에서 발로 뛰면서 기사와 시를 쓴 것이다. 그에게 물리쳐야 할 대상은 간명했다. 또한 움켜쥐어야 할 가치도 분명했다.

위선자여/학문과 지식으로 무장된 거짓말쟁이여/그대는 책을 읽고 그대로 지껄이는/앵무새여서는 곤란하다./너의 상상과 철학은/너의 생활 주변만 맴돌고 있을 뿐/가난한 사람들의 고통에 미치지 못한다./책에서 배운/머리로 하는 사회학과/노동으로 익힌/목숨으로 하는 사회학과/배가 불러 쇠고기를 씹어 뱉으며/노동자를 입에 올리는 사람과/가난하고 가난해서/노동자가 노동자를 입에 올리는/사람과는/누가 더 인간다움인가.

-「절실함은 무엇인가」 부분(『절실함은 무엇인가』, 빛남, 1988)

위선적인 지식의 "상상과 철학"이 "가난한 자의 고통에 미치지 못한다"는 것과, 아울러 "가난하고 가난"한 "노동자가 노동자를 입에 올리는" 삶의 현실에 밀착해 있는 존재의 대립을 위 시는 보여준다. 결국 시인에게 현 체제에 대한 저항과 반역은 어떤 "인간다움"에 향하는 것이다. 회색의 지성과 권력 언저리에 빌붙은 자들의 학정은 그가 보기에 '악'으로 밖에 놓이지 않는다. 특히 1980년대에 접어들면서 자행되었던 퇴행적 권력의 마수와 폭력적 생명 파괴의 한국사회를 돌이켜 보건대, 임수생의 시적 절실함은 명백하다. 그의 전언은 억압받고 부조리한 세상의 괴물 같은 사회시스템에 짓눌려 신음하는 민중과, 정의로운 세상을 향해 나아가는 참된 역사적 실천에서 출발한다. 그리고 이는 역사적 진보에 대한 무한한 믿음과 낙관에서 한 걸음도 떨어지지 않고 있다. 시는 그러한 역사인식과 세계관에서 쓰여야 한다고 강하게 믿고 있는 것이다.

3.

한없이 푸르고 맑은 곳으로 향해야 하는 시인의 목소리는 뜻하지 않은 시대와 역사적 상황에서 곳곳에 상흔이 묻어 있다. 피비린내 나는 역사의 바람이 시인의 정신을 곧추세웠기에, 그의 질박하면서 날것의 언어는 오히려 세상과 인간이 맞서 있는 풍경을 투명하게 보여주는 것이다. 임수생의 시는 정신의 매서운 결기가 없다면 결코 나올 수 없는 희망의 세계를, 결국 말하는 것으로 마침표를 찍으려 한다. 이 '마침표'는 시작(詩作)의 마침표가 절대 아니다. 하루하루를 마치 전쟁터와도 같은, 정결한 인식과 부조리한 세상의 대결에서 잠시 호흡을 고르는 '쉼'의 상태에서, 또다시 도래하는 불온한 세계의 민낯을 볼 수밖에 없을지라도 어떤 영원한 평화의 상태를 진혼굿처럼 불러들이는 입 앙다문 다짐으로서 시혼(詩魂)의 자세이다. 이는 뚜렷한 시적 혼으로 서겠다는 다짐보다는, 그의 시가 보여주었던 고집스러운 저항과 꼿꼿한 시적 태도가 마침내 닿게 되는 정체성인 것이다. 그리고 이러한 그의 시적 정체성, 혹은 시혼은 여러 수사적 언어를 동원하지 않더라도 자연스럽게 세상의 존재를 인간화하고 단순화한다. 즉 그에게 시는 인간이 어떻게 하면 좀 더 나은 존재가 될 수 있는지 고민하는 자리에서 나오는 것이다. 사람 중심의 시를 지향하는 것이다. 달리 말해 주체성의 시다. 사람 중심의 주체적 시라고 해서 괜한 오해를 할 필요가 없다. 진정으로 사람 중심의, 인간적 주체의 시는 자연과 사물을 편벽되게 그리지 않는다. 오히려 정반대라 할 수 있다. 인간적 제 생명에 대한 소중함과 사랑을 지닌다면, '객체'인 자연적 존재와 생명성을 온전히 품에 안을 수 있는 법이다.

부산시 금정구 장전2동/금정산 비탈에는/벌목을 당해 토막시체가 되어/두꺼운 푸른 포장비닐을 덮어쓴/소나무 무덤들이/곳곳에 널려있다./소나무재선충병에 걸려/희생된 주검들이다./병사한 주검들의 무덤에는 비문이 없고/비문을 오직 침묵으로 전하고 있다./내 죽음을 슬퍼 말아라./내 죽음은/한반도의 짙푸른 숲을 살리기 위함이니라./포장비닐에 덮여 답답하고 갑갑하지만/수입 목재에 대한 당국의 검열 미비로/나는 도래한 벌레들의 내습을 받아/내 목숨을 천천히 갉아 먹히며 빼앗겼느니라./나는 내 죽음을 가져오게 만든/권력의 무지막지한 횡포에/통탄하지도 않고 원망하지도 않겠노라./자연을 철저하게 망치는 장본인은 권력이니까/내가 살면 권력이 죽고/권력이 살면 자연이 죽는다는/내 말을 명심하거라./오늘도 소나무 무덤을/찾는 사람 하나 없이 쓸쓸하게 누워있다.

-「소나무 무덤」 전문(『사람이랑 꽃이랑 하나가 되어』, 푸른별, 2009)

"소나무재선충병에 걸려" 죽은 소나무를 보며 쓴 시다. 자연에 대한 시선은 생명과 따로 떼어놓기는 힘들다. 스스로 그러함(自然)은 어떤 인위적인 가해나 위해가 행해지지 않은 상태에 놓여있음이다. 그런데 인간의 이기적인 목적 때문에 그러한 자연 상태가 훼손되고 침해당하는 속에 인간사회의 자멸은 가까워진다. 그래서 소나무의 주검 앞에서 침묵으로 전하는 가상의 전언은 우리를 오싹하게 하기에 충분하다. 특히 "권력이 살면 자연이 죽는다는/내 말을 명심하"라는 침묵의 통렬한 말은, 결국 공생으로 나아가야 하는 자연과 인간일지라도 인간의 한 치 욕심이 자연 세계의 전멸로까지 이를 수도 있다는 공포와 충격을 안겨다 주는 것이다. 인간의 힘이란 끝이 없는 권력의 마수를 쥔 세력이 휘두른다면 악이 된다. 선을 위한 힘이 아니라 저 자신마저 끝내 파멸시킬 운명을 지니는 것이 권력이다. 그리고 권력은 세상을 더욱 나아가게 하는 바퀴처럼 보일지라도 넓은 시야에서 보면 태초의 암흑으로 지금의 세상을 되돌리는 악의 축이다. 시인은 이를 잘 알고 있다. 진정으로 '인간화' 하지 못한 권력의 폐해는 당장 몇 년 안에 드러나지 않는 법이다. 이는 생명파괴를 동반하는 것이기에 그것의 비극적 결말은 앞으로 누천년 동안 이어지지 말라는 보장이 없다. 죽은 소나무가 내뱉는 절절한 명령은 바로 시인이 하는 말이다.

1959년 첫 시집 『형벌』을 내면서부터 지금까지 9권의 시집과 한 권의 산문집을 낸 임수생의 시 세계가 일이관지(一以貫之)하는 것이 있다면 늘 당대 지식인으로서 시인에 대한 자의식이다. 시인은 결코 음풍농월하는 자가 아니라는 인식이다. 세계와 소통하지 않는 단독자로서 시인은 임수생에게는 우스꽝스러운 글쟁이일 뿐이다. 그가 항상 비판해 마지않는 반민주 세력과 진배없다. 따라서 시인은 사회를 정확히 바라보고 진단하는 용기와 정신이 필요하다. 세상이 점점 비상식적이 되어 가고 어수선할수록 시인의 정신은 투명해야 한다고 그는 말한다. 그러기 위해서는 시인에게도 철학과 세계관이 있어야 한다. 임수생은 오십여 년의 시를 써오는 동안 이 철칙을 지켜왔다. 그에게는 민중과 힘없는 자와 가난한 자의 눈물과 함께 하는 시가 '서정시'다. 지금은 고인이 된 시인 박태문과 절친했던 그다. 평생을 가난과 동고동락하면서도 뚜렷한 시 정신으로 일관했던 박태문이었기에, 동기감응 아니 이심전심의 시심으로 서로를 통하게 했던 것 같다. 가난한 자의 편에 서야 한다고 역설하는 시인에게 '글'은 어떠해야 하는지 잘 보여주는 시가 있다.

> 철학이 없으니 삶을 몰랐다네./역사를 모르니 진실이 없었다네./민족을 배반했으니 사상은 부재라네./민주와 자유가 절실한 시대에는/억압과 굴종만이 판을 쳤다네./노동해방이 필요충분조건인 연대에는/탄압과 착취만이 기를 폈다네./조국통일이 민족의 최대과제인데도/정치모리배들을 닮은 다수의 글쟁이들은/통일을 속으로는 싫어하고 겉으로는 찬양했다네./잠자고 일어나고 세수하고 밥 먹고/출퇴근하고 화투 치고 술 마시고 오줌똥 싸고/시의 대상으로써는 하찮기 짝이 없는/일상생활을 시의 소재로 즐겨 삼는 글쟁이들은/인생의 풋과일에 불과한 경륜인데도/서로 야합해 주고받으며 우쭐대고 히히덕거리며/활자를 우스꽝스럽게 변모해 시인론을 써댔다네./창피도 까먹고 문학의 정도도 망각한 시중잡배들./지구촌에서 듣도 보도 못한 일들만 벌이는/글쟁이들의 기상천외한 기발한 발상은/독자와 시대를 무서워하지 않는 세계적 횡포라네./울도 웃도 못할 똑똑한 나라 우리의 남쪽나라/글쟁이들 만세 글쟁이들 만세.

-「글쟁이들 만세」 전문(『개망나니들의 노래』, 푸른별, 2000)

직설적인 화법으로 이루어진 시이기에 사실 더 이상의 논평이 필요 없을지도 모르겠다. "철학"이나 "역사"와 같은 거대 담론들이 어쩌면 이 나라의 문인들에겐 문심(文心)을 괴롭히는 악몽이 될 수도 있겠다. 그가 자주 말하는 이 용어들은 사실은, 적어도 필자가 보기에는 큰 짐이 될 수 없다. 다시 말해 역사와 철학은 늘 세상을 움직이게 하는 힘이 되어 왔던 것이다. 어떤 역사관이나 세계관이냐의 문제가 아니라 어떤 삶의 지향을 갖추느냐가 저절로 역사와 철학을 거닐게 되는 것이다. 임수생의 시는 정확하게 그 지점에서 출발하는 듯하다. 시인의 몸과 마음이 누운 곳에서 시는 낮은 데로 흘러간다. 하지만 그 시의 얼은 늘 높은 데로 향하기 마련이다. 높은 곳에서 아래로, 수직으로 내리꽂는 빛이 시 정신이고 시혼이다. 따라서 우리 시대의 정신을 말해야 하는 시일수록 세상 가장 낮은 곳에서 시작하여 세상 제일 꼭대기까지 더듬어야 할 것이다. 물(物)에서 혼으로, 존재에서 생성으로 탐색하는 매서운 눈초리만이 아직도 척박한 시대인 2000년대 한국사회의 희망이 될 수 있다.

뜻하지 않게 자정이 되도록 술자리를 겸한 언어의 성만찬(聖晩餐)을 먹는, 후한 대접을 받으며 필자는 생각했다. '혁명이 사라진 시대에 혁명의 시는 슬프다'. 이 글은, 그러니까 '혁명가'여야만 했던 한 시인에게 바치는 비가(悲歌)인 셈이다.

이린의 시는 무중력 시의 전형을 보여준다.
현실 세계의 중력에서 자유롭게 말의 배설을
감행하기 때문이다.
그의 시는 '의미화' 대신 느슨한 말의 밸브를 통한
횡단을 감행하기를 즐겨한다.
따라서 구속이나 억압조차 말의 자유로운 발화를 통해서
한갓 물거품으로 화해버린다.
경쾌한 리듬으로 세계의 표피를 톡톡 건드리며 산책하듯
시편들을 읽다 보면
어느새 저도 모르게 흥얼거리게 된다.

무중력 시학의 무늬와 빛깔

- 이린 시의 세계

세계에서 말(언어)을 빼면 아무것도 남는 게 없다는 식과 같은 하이데거 류의 존재론이 시사하는 의미를 무시할 수는 없다. 이는 실체의 문제가 아니라 형이상학적이고 존재론적인 문제다. 말이 없으면 생각의 내용물도 공허해진다. 그러니까 모든 개념적 지시망이 사라져버려 물컹물컹하거나 불분명한 형태의 이미지만이 남을 뿐이다. 이렇게 남은 이미지들의 세계에서 의미란, 이를테면 흔적이나 미끄러짐이나 혹은 상징적 질서이거나 상관없이 세계의 내용과 형식을 반영하고 지시하는 시니피에의 핵을 잃어버리게 된다. 현대시의 흐름 가운데 하나가 이미지와 상징을 부각하면서 질서 잡힌 미메시스적 형식을 줄곧 거부하는 시 쓰기이다. 이린의 시집『구름을 뒤적거려 토마토를 따곤 했지』도 마찬가지다. 아니, 현대시의 일정한 경향을 들고 와 시인의 시 세계를 조명하는 일부터가 어쩌면 조악한 비평의 실례가 될 수도 있겠다. 말과 세계의 관계에 대한 시적 탐구나 반성이 없는 시인은 없는 줄 안다. 다시 말해 시는 결코 발화된 언어가 세계와 맺는 관계 양상에서 시인이 염두에 두고 있는 그 무엇에 대한 기호이다. 그런데 '시인'이라는 실존적 주체는 말의 형식 뒷면에 그림자처럼 드리운 영상이나 헛것에 지나지 않는다는 점 또한 망각해서는 안 된다. 시에서 시인의 실체를 가늠해보는 일만큼 쓸모없는 짓도 없다. 왜냐하면 시인은 시적 주체(화자)로 변모하고, 시적 주체는 말들의 그물을 짜는 시적 구조의 메커니즘에 지배를 받는 허깨비이기 때문이다. 여기에서 형식의 문제가 나온다. 시의 형식은 시인, 아니 시의 화자의 '작품'이 아니라 말들이 지나다녔던 흔적이다. 이 흔적을 더듬다 보면 말들이 지그재그로 표현하는 세계의 구조를 확인할 수 있다. 세계의 구조는 현실 세계를 바라보는 시인의 사유 구조가 아니다. 설령 시인의 사유 구조가 시에서 표상한 세계의 사유 구조와 전혀 관계가 없지 않더라도, 시의 세계 구조는 독자적이고 창조적으로 발생한다. 현대시의 구조가 당대 세계 구조를 직접 드러내지 않고 비뚜름하거나 비스듬히, 농락하면서도 아이러니한 어조로 비꼬는 양상을 보일 때조차 자족적이며 자율적인 언어형식을 인정하지 않을 수 없는 것이다. 이린의 시를 그런 구조로 바라볼 때 이번 시집에 실린 시편들 속의 말들이 오가며 그리는 시적 사유의 밑그림을 가늠할 수 있다. 다음의 시를 보자.

물속에 식탁을 차려놓고 둘러앉았습니다

물 한 그릇 비우고 나면

다시 물 한 그릇 채워집니다

물잔이 몇 순배 서로 오가면

서서히 물의 취기가 오르고

말이 쏟아져 나오기 시작합니다

말이 가득 담긴 잔을 비우고 나면

말을 가득 다시 채우고

넘치는 말을 마시고

비우고 채우는 동안

부드럽게 물의 가슴이 열립니다

채우기 위해 비우고

비우기 위해 채우는 말의 향연

출렁출렁 말이 희석되는 동안

허기는 다시 시작되고

마시면 마실수록 허기가 지는

그러니까 물속의 식사는

끝없는 허기를 위하여 베풀어지는 향연입니다

오늘은 이 허기를 위하여 우리 모두 건배!

-「허기」 전문

「허기」는 '말'로 이루어져 있고, 이 '말'은 또한 말에 대한 메타적인 기호로 놓여 있는 말이다. 말이 말을 말한다. 말이 말을 말하는 까닭은 바로 허기 때문이다. 허기는 채워야 하는 빈 공간의 상태다. 그런데 시의 화자에 따르면 "채우기 위해 비우고/비우기 위해 채우는 말의 향연"이지만 "출렁출렁 말이 희석되는 동안/허기는 다시 시작되고/마시면 마실수록 허기가" 진다. 결국 "끝없는 허기를 위하여 베풀어지는 향연"의 되풀이다. 이 향연은 말들의 잔치이지만 잔치의 시발은 물잔이다. 그리고 물잔은 물속에 차려놓은 식탁 위에 있다. 물의 메타포를 굳이 상기할 필요는 없다. 단지

물이 말로 변용되고, 끊임없이 반복되는 말의 배설과 흡입이 위 시의 단단한 구조로 되어 있다. 시의 화자의 입에서 발화된 말의 허기와, 이 말의 허기를 위해 잔을 들라는 시의 전언에서 생각해볼 수 있는 점은, 아무튼 말이 허기를 생산하는 원료이지만 질료로써 말이 차지하는 공허하고도 무의미한 상태를 직시하고자 하는 어떤 '눈(眼)'이다. 눈은 이미지가 담기는 호수이자 그 이미지를 잡아당기는 신체 기관이다. 「허기」에서 나열된 물과 말의 배치와 상태 또한 하나의 눈에 포섭되고 눈의 그릇에 담긴다. 하지만 어쩌면 눈 또한 빈 하늘의 공간만이 빵빵한, 그래서 마침내 게워내야 할 둥그런 물의 잔이 아닐 수 없다. 이 도저한 무기력과 무의미의 향연 앞에서 우리는 어떤 말을 내뱉을 수가 있을까. 시인의 손에, 시인의 손에서 건네받는 언어의 화술을 시의 화자는 마치 물레방아처럼 하염없이 돌리기만 할 뿐이다. 이러한 순환구조에는 의미를 잃어버리고 유희하는 말들의 동선만이 뚜렷하다.

그녀가 오늘은 목수를 만나러 간다

딸 둘에 아들이 하나

가끔 술을 즐기지만

베테랑 목수인 그는

20년째 나무문을 전문으로 만드는

성실한 가장이다

나무문의 견적을 뽑고

창의 크기에 대해 이야기 하며

나무의 색깔에 대해

손잡이의 규격에 대해

또한 나무문의 선택에 대해

의논할 것이지만

그녀는 그의 잘린 손가락에 주목한다

맨질맨질하고 뭉툭한 손가락으로

나뭇결을 다듬어 길을 만들고

바람을 문질러 창을 내는 섬세함

20년째 베테랑 목수는

곧 완성될 잘 짜여진 나무문에 대해

이야기하고 그녀는

미완의 집 문과 문틀 사이

삐걱거리는 공간과

너덜거리는 소문

대패질할 생애와

문장들을 떠올린다

-「門 - 詩集」 전문

부유하는 말들의 길을 따라나서면 허기뿐만 아니라 상쾌함과 가뿐한 풍경 안에 자신이 들어 있음을 느낀다. 이린의 시는 그렇게, 진중한 사유를 재촉하지 않고 살랑살랑거리며 사뿐사뿐 걸으라고 속삭이는 듯하다. 이와 관련하여「門 - 詩集」이 의미심장하게 다가오는 이유는 아마도 시인이 말을 인식하는 단층이 하나쯤 심겨 있지는 않을까 생각해서이다. 시집을 문(門)이라 은유할 수 있다면, 문을 열고 들어가는 일은 시들의 속살과 표정과 빛깔을 매만지는 일과 같다. 만지는 일이고 보는 일이다. 목수가 매만지는 나무문이다. "나뭇결을 다듬어 길을 만들고/바람을 문질러 창을 내는 섬세함"을 가득 품은 나무문이 곧 시요 시집인 셈이다. 이렇게 본다면 시는 설계와 구상에 따른 결과가 된다. 이성의 힘을 빌려 말을 가다듬고 체계를 세우는 작업이다. 말이 시가 됨은, 따라서 질서와 플롯이라는 코스모스적 창조가 되는 일과 별반 다르지 않다. 수많은 생각의 묶음이 말들의 채찍에 정렬되고, 이 정렬된 언어의 형식이 시로 재탄생하는 사실을 어렵지 않게 떠올릴 수 있다. 하지만 어쩌면 시의 화자는 "미완의 집 문과 문틀 사이/삐걱거리는 공간과/너덜거리는 소문/대패질할 생애와/문장들을 떠올"리기도 한다. 불완전하며 온갖 추문에 휩싸이기도 하며, 때로는 삶의 연출마저 감당해야 하는 불온한 시도다. 즉 시는, 아니 시집은, 아니 발화된 말은 결코 이미지와 존재의 원형질을 보존하지 못한다. 이것은 비극인가. 어쩌면 끊임없는 눈물일 수도 있고 시시포스의 노동처럼 끝내 잡을 수 없는 꿈의 깃발을 향해서만 달려갈 뿐인 무용한 실천일 수도 있다. 그렇기에 이는 새로운 환희요 향락이 될 수가 있다. 말의 무덤을 파헤쳐 또 다른 말의 뼈대들을 움켜쥐고 허공 속으로 흩뿌리는 행위가 시를 형성하는 모든 것이다. 시를 쓰는 일은 말의 뼈를 들고 공중으로 난 길을 향해 차곡차곡 사다리를 올리는 행위인 것이다. 이린의 시편들은 그러한 허공 속의 길을 헤집는다.

길은 나무를 돌아 나온다

아직은 아무것도 멈출 수 없어

그러나 서두르지 말 것

바람의 템포는 늘 자유로웠지

몽환적 풍경이 랩을 흥얼거린다

선 채로 음악을 배워보자

레가토로 떨어지는 오렌지빛 시간들

달리는 자동차 꽁무니 뒤로

마구 흩어지는 낙엽

그래서 길은 어디에나 있는 것

흔들리는 육십 한 번째 가을

나무는 나에게 길을 묻고

길은 나무를 돌아 나온다

-「나무는 나에게 길을 묻고」 전문

'길'은 이번 시집에 사용된 주요한 상징들 가운데 하나다. 말의 길이 '시'라고 하는 새로운 말들의 풍경을 만들어내듯이 「나무는 나에게 길을 묻고」에 쓰인 길은 존재의 방향과 목적을 암시하면서 매개하는 수단으로서의 메타포다. 이 길은 언제 멈출지 알 수는 없지만 화자에게는 끝없이 쏟아져 나오는 말만큼이나 언제라도 제 앞에 놓여 있어서 맘껏 걸어 다닐 수 있는 공간이다. 이 길은 바람처럼 자유롭고, 부드럽게 이어져 나오는 음악처럼 리듬이 멈추지 않는 소리의 이정표이기도 하다. "레가토로 떨어지는 오렌지빛 시간들/달리는 자동차 꽁무니 뒤로/마구 흩어지는 낙엽/그래서 길은 어디에나 있는 것"이다. 따라서 삶이란 이정(里程)이 완성되지 않은 손금이요, 어디로 뻗칠지 모르는 나뭇가지의 방향인 것이다. "나무는 나에게 길을 묻고/길은 나무를 돌아 나"오는 원환적 물음과 유선(流線)의 움직임이라면 길은 어떤 길이라도 좋다. 시인은 지금까지 지나온 길의 빛깔을 훔쳐보지 않는다. 왜냐하면 지나온 길이라 할지라도 언제든 재탄생되고 상상적 창조 행위로써 변형되기 십상이기 때문이다. 길은 스스로 제 모습을 지우면서 새로운 몸짓으로 제가 가는 공간 지리의 배경을 채색한다. 이 말랑말랑하면서도 쉽사리 발에 낚아채이지 않는 길의 속성이야말로 말과 시가 횡단하는 도로가 아닐까.

시의 언어에 의미의 경중(輕重)이 있지는 않다. 왜냐하면 시는 자체로 완결된 의미 구조를 띠기 때문이다. 여기서 말하는 의미는 사상이나 주제가 아니다. 시어 스스로 자율적으로 행하고 체계를 만드는 중에 형성되는 지평이다. 이린의 시는 커다란 그물을 세계에 던져서 포획된 삶의 의미를 제시하는 데 그치지 않고, 이를 다시 부수고 흩뿌려서 의미의 경계마저 허물어지는 지점을 넘보는 듯하다. 그래서인지 존재의 중력을 거부하는 듯한 포즈를 취한다. 공기처럼 가벼우면서도 홀가분하다. 옅은 수묵화에서 큰 자리를 차지하는 여백처럼, 그의 시는 오히려 무한한 허공을 제시하거나 그 공허한 영역을 확장하는 것처럼 보인다. 이번 시집의 빛깔이 그렇다.

시의 말들이 그리는 궤적을 좇으며 발견하는 언어의 흔적에는 어떤 비명이 훑으며 지나간 존재의 결락이 보인다. 마치 커다란 울음이 지나간 곳에 남겨진 고요와 침묵처럼, 덩그러니 펼쳐져 있는 외로운 풍경이 드러난다. 어쩌면 허무라고 할 수도 있겠지만 단순하게 허무보다는 질량이 증발된 존재의 발랄한 고독에 더욱 가까울 것이다. 이 고독은 비로소 세계의 열쇠를 찾은 자의 벅차오르는 단독성에 견줄 수 있다. 사유의 거추장스러운 가지들을 쳐내버리고 남은 인식의 명료성이다.

어깨 너머로 강이 흐르고
그가 화폭에 점을 쏟아붓자
크고 작은 별들이 차례로 쏟아지네
흐르는 점들이 모여 또 하나의 강을 이루네
강은 그의 몸이 되고
이불이 되고 집이 된다네 그의 작품은
점으로 시작해서
점으로 마무리되는 거대한 우주
우리는 모두 우주의 점으로 태어나 .
점으로 돌아가는 별의 운명을 타고났다네
그 점들은 그 별들은
서로 비교하지 않네
여기선 아름답다는 말조차 필요치 않네

-「點描畫」 전문

「點描畵」에서 시인이 묘사하는 점묘법의 그림은 마치 이어지는 듯 끊기는 흔적들이 어우러져 이루는 강처럼 우주로 화한다. 점은 기하학적 의미에서 보면 하나의 위치이자 좌표다. 이는 자리다. 차원 이전의, 차원을 형성하게 하는 일차적이고 전제가 되는 최소한의 구역이 바로 점이다. 이 점들이 모여서 강줄기가 되고, "점으로 시작해서/점으로 마무리되는 거대한 우주"가 된다. 시인은 "우리는 모두 우주의 점으로 태어나/점으로 돌아가는 별의 운명을 타고났다"고 말한다. 또한 "그 점들은 그 별들을/서로 비교하지 않"고 "아름답다는 말조차 필요치 않"다. 점은 어떤 식으로든 분할되지 않는 단단한 단독자이자 개별자와 닮았다. 모든 개별자들은 서로를 무심히 대하는 듯 보이면서도 결속한다. 이것이 우주라고 시인은 말한다. 이 우주의 틈에는 무한대의 허무가 빼곡히 자리 잡고 있다. 어쩌면 허무 자체가 우주의 테두리를 그리는 동시에 존재를 떠받치는 기둥이라고 말할 수 있다. 분명 시인은 화가의 붓질을 빗대어 우주와 세계를 성찰한다. 이린의 시에 적용해도 된다. 그의 시는 '말'이라는 단독적인 기호가 모여 시편의 도도한 물길을 이룬다. 의미소와 의미소는 서로를 비교하지 않고 서로를 끌어들이거나 밀어내지 않는다. 다만 점점이 화폭에 찍어대는 점처럼 흰 종이에 형상화되어 있다. 그것은 이미지들의 군집이고 언어의 결집이고 다양한 표상들의 어울림이다. 그러면서도 어쩐지 쓸쓸한 느낌을 지울 수 없다. 관념의 잿빛을 다 떨구고서 남은 사유의 바탕에 자리 잡은 시인의 지평은 어디에서 출발하였을까. 다음의 시가 그 단서 하나쯤 되지는 않을까.

아무도 거들떠보지 않는 식탁이 있었다

닥치는 대로 시간을 먹어 치우는 식욕

내 눈동자 속에는 마른 풀이 계속 자라고 있다

꿈속을 파고드는 뿌리와

먹다 남은 과일들이 녹슬어 간다

열리지 않는 창문과 딱딱한 노을,

밤새 강물은 말라가고 나무들이

지루한 전쟁놀이를 하고 있다

떠나간 길들은 끝내 돌아오지 않고

무덤 속에서 누군가

밤이 새도록 기도를 한다

선 채로 단 한 발자국도 움직일 수 없는

가위눌린 꿈, 손을 뻗어

꿈쩍 않는 구름을 걷어내자

하늘이 새파랗게 길을 내놓고 있다

나는 줄곧 눈을 뜨고 있었고

어둠이 꾸는 꿈 아직

끝나지 않은 꿈,

- 「악몽」 전문

실존하는 의식의 주체에게 시간과 공간은 세계 그 자체와도 진배없다. 감각으로 직접 소여하는 이 세계의 물질성과 시간의 범주는 유한성을 지닌 인간에게는 자연히 불가해한 영역일 수밖에 없다. 「악몽」에서 시의 화자가 몸부림치며 캐묻고자 하는 것이 시공간의 무한성이다. 이 시의 주된 정동(情動)의 요소는 공포다. “선 채로 단 한 발자국도 움직일 수 없는/가위눌린 꿈”이기에 공포이기도 하지만, 그보다 더욱 깊은 곳에서 자라나는 공포는 바로 세계와 감각의 이반된 상태이다. 악몽은 나쁜 꿈이지만 현실 자체가 바로 악몽이다. 시인은 이 세계에서조차 나쁜 꿈속에 허우적댄다고 여긴다. “가위눌린 꿈, 손을 뻗어/꿈쩍 않는 구름을 걷어내 자/하늘이 새파랗게 길을 내놓”는다. 마치 의지와는 무관하게 시퍼런 하늘 구멍 속으로 빨려들어 가듯이 이 세계는 유한한 실존의 몸뚱이를 들어올린다. 현실과 꿈은 상반된 세계 영역이라고 생각하기 쉽다. 그런데 위 시의 맥락에 따르자면 지금 이곳의 차원에 놓인 세계라면, 위 시의 꿈은 현실과 대비되는 점에서는 별 차이가 없지만 이 세계를 유린하고 불온하게 만드는 그 무엇이라는 점에서 부정적인 의미가 강하다. 대낮은 명료한 의식에서조차 느닷없이 환몽에 빠지는 경우가 있다. 가위눌림의 경우에는 의식이 아주 뚜렷하지만 신체를 제어할 수 없다. 영락없이 ‘보이는 것들’에 굴복할 수밖에 없는 자아의 굴욕감을 위 시는 보여준다. 여기에서 주체의 의미는 무효화되고 스스로 무너져 내리는 마음의 잔해들만 느낄 뿐이다. 이린의 시가 그래서 한편으로 공허함으로 가득 차 있는 듯한 분위기를 자아내는 까닭과도 관련이 있을 것이다. 그 공허함은 무기력과 환멸의 다른 이름이기도 하다. 그런데 이것이 시의 말을 유동적이고 활성화하게끔 한다.

나는 전혀 우울하지 않아요

다만 내 모습이 잘 기억나지 않아 나를 그릴 수가

없군요

이유도 없이 일곱 살 때부터 나는

나를 조금씩 지우는 연습을 해야 했어요

거울 속에서 점점 작아져 가는 나를

고통스럽게 지켜봐야 했지요

가해자는 언제나 나였지만

아무에게도 말할 수가 없었죠

친구들도 공모를 해서 나를 자꾸

거울 구석으로 몰아넣고 크레파스로

새까맣게 덧칠해대곤 했답니다

이대로 영영 내가 떠오르지 않으면

어떻게 해요?

거울 속에서 내가 죽고 싶다고 말하는 걸

수없이 외면해야만 했지요 나는,

나무처럼 푸르게 살고 싶었어요

나무를 울지 않아요 나무를 그리고 싶어졌어요

나무는 우울이 뭔지도 몰라요

내 마음을 부탁해요! 선생님

-「우울증에 대하여」 전문

「우울증에 대하여」가 우울한 소재인 우울증을 다루고 있으면서도 화자의 음성은 재기발랄하다. 우울에 대한 발언에는 우울증을 앓는 자의 비극이 지워져 있다. 다만 증상의 일종이라고 할 수 있는 요소들이 시의 화자의 입을 통해 드러난다. "다만 내 모습이 잘 기억나지 않아 나를 그릴 수가 없"고 "거울 속에서 점점 작아져 가는 나를/고통스럽게 지켜봐야 했"으며 "친구들도 공모를 해서 나를 자꾸/ 거울 구석으로 몰아넣고 크레파스로/새까맣게 덧칠 해대곤 했"다. 외상과 관련한 기억의 소환에서 뒤틀려버린 화자의 상태는 나무에 대한 갈망으로 자기 치유의 길을 발견한다. "나무처럼 푸르게 살고 싶었어요"라 외치는 화자의 내면에는 세계와 불화하는 주체의 반대급부적 심리가 보인다. 누구나 그렇듯이 고통과 상처가 사라지지는 않는다. 기억에 저장되어 있다가 뜻하지 않게 불쑥불쑥 의식에 나타나거나 무의식의 수면 아래 가라앉아 오랜 잠을 취하고 있을 뿐이다. 위 시의 화자의 발화에서 우울증의 일반적인 증상을 유추하는 일만큼 어리석은 일도 없다. 시인은 '우울증'이라는 단단한 세계의 벽을 더듬으며 속말을 끄집어낸다. 여기에는 아무런 장애도 벽도 놓여있지 않다. "나무는 우울이 뭔지도 몰라요/내 마음을 부탁해요! 선생님"이라고 시를 끝맺을 때는 이미 화자는 알고 있었을 것이다. 언어는 언표행위를 통해서 자신의 세계를 지시한다. 이는 언표행위를 통하여 형성된 세계가 어떤 차원의 세계인지, 그리고 그 세계의 표면을 구르는 발화의 형상이 어떤 형식적 외관을 두르고 횡단하는지 알 수 있게 한다. 위 시는 화자의 내면이 언어를 통하여 형성한 세계구조에 안착하고자 하는 매우 '안정된' 형식으로 이루어져 있다. '우울증에 대하여'라는 시제조차 그런 안정된 담론 구조를 암시한다. 왜냐하면 위 시는 말 그대로 '우울증'에 대한 시적 담론이기 때문이다. 우울증에 대한 시적 담론이 시 자체로 완결된 형식을 취할 때, 시의 의미구조는 현실 세계의 의미구조와는 다른 독자적인 세계체제를 구조화한다. 이를 조심스레 말한다면 일종의 '무중력 시학'이라고 지칭할 수 있을 것이다.

이린의 시는 무중력 시의 전형을 보여준다. 현실 세계의 중력에서 자유롭게 말의 배설을 감행하기 때문이다. 그의 시는 '의미화' 대신 느슨한 말의 밸브를 통한 횡단을 감행하기를 즐겨한다. 따라서 구속이나 억압조차 말의 자유로운 발화를 통해서 한갓 물거품으로 화해버린다. 경쾌한 리듬으로 세계의 표피를 톡톡 건드리며 산책하듯 시편들을 읽다 보면 어느새 저도 모르게 흥얼거리게 된다. 그런데 이 경쾌함과 발랄함은 이 세계의 중력장 끝까지 헤엄쳐 본 자만이 시늉할 수 있는 포즈일 것이다. 따라서 시편들이 남기는 향취가 더욱 오래도록 은은하지 않겠는가.

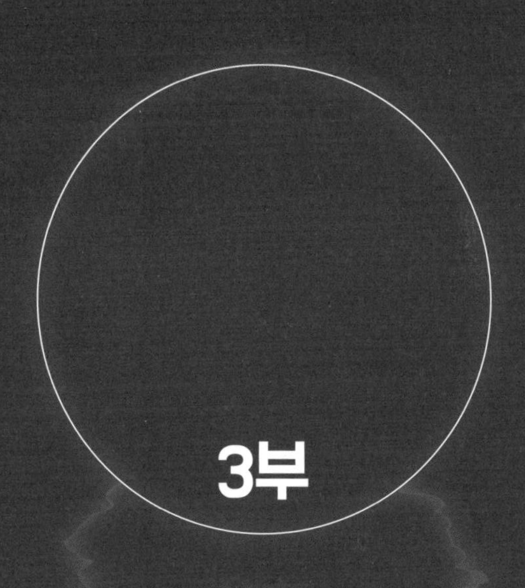

3부

사회는 사람을 포괄하고,
이러한 사람의 목숨 줄을 쥐고 있는 것은
바로 우주 생명의 파노라마 같은 '마음'이다.
이것은 사회 구성원들이 서로 주고받는 가운데
싹트는 '잉여'이고, 전체와 개인,
그리고 개인과 집단이 복잡한 방식으로 엮이는 중에
툭 떨어지는 '이물질' 같은 것이다.
언어는 그것을 기록하고,
시는 그런 언어로 이루어지는 형식이다.
바꿔 말해 시가 상처를 드러내고,
시가 드러낸 상처를 언어는
하나의 '거스름'으로 독자들에게 내어준다.

시의 상처와 언어의 '거스름'[45]

- 사회적 트라우마의 시적 재현의 극복을 위한 방식 하나

1990년대 중반 이후부터 점점 나타나기 시작한 우리 시의 특징들 가운데 하나는 시의 내면화이다. 시의 내면화는 집단 대 집단의 대립 구조가 뚜렷했던 한국사회의 획일적인 사회구조나 형식에 균열이 일어나고, 거대한 역사 담론이 주었던 진보와 발전 시스템에 의심의 눈길을 보낸 정치적, 사회적 분위기와도 떨어질 수 없는 연관성을 지닌다. 공동체와 민족이라는, 자명한 것처럼 보였던 개념적 함의에 대한 회의와 함께 다가온 'IMF'라는 괴물은, 개인과 국가 사이의 숙명적인 관계를 재확인하게 한 계기였지만, 역으로 주체의 대(對) 사회적 표현 형식의 다양화와 세분화를 가져오게 한 사건이기도 했다. 이 속에서 펼쳐진 우리 문학의 표정을 여기서 일별하기에는 한계가 있겠다. 다만 2000년대 들어서 새로운 주체 세력으로 등장한 촛불 세대의 의식과 특성이 문학에 던지는 의미심장한 메시지를 생각해 볼 필요는 있을 것이다. 'IMF'와 '촛불'은 대략 십년 정도의 시차가 놓여 있다. '촛불'은 집단 지성이라는 새로운 세력의 가능성을 보여주었다. 이는 인터넷 같은 네트워크 연결망의 힘을 새삼 보여준 실례이기도 한 것인바, 기존의 '민중'이나 '시민'의 정체되고 추상적이었던 집단 개념을 가로지르고 넘어서는 실체로서 우리 사회에 불쑥 나타났다. 이 느닷없는 촛불의 출현은, 지금까지 우리 사회가 '정치'의 이름으로 악행을 저지르고 추문으로 얼룩진 사회적 질병을 치유하고 이를 해원(解冤)할 수 있는 가능성을 점치게 했다.

촛불은 하나의 사건이자 상징이고, 역사적인 실체이자 징후다. 촛불 세대는 자유분방함과 생활 정치의 지향에서 기존의 젊은 세대들과 차별화한다. IMF를 겪은 청년들은 '실업'과 '취업난'이라는, 사회 시스템에 참여하기 어렵게 된 정황에 불안과 절망에 빠졌다. 이들은 세기말의 그림자와 겹쳐 새로운 밀레니엄이 시작할 무렵까지 개인과 세상의 불협화음에 몸서리를 쳤고, '자기만의 방'이나 '혼자 있기 좋은 방'에 갇혀 지내는 것을 오히려 즐겼을 것이다. 단순한 판단일지는 몰라도, 이들 세대가 중년을 바라보는 나이 그러니까 삼십 대 중후반에서 사십 대에 접어들 무렵, 그들이 '쓸쓸한 대중'이 되어 아이와 청소년, 그리고 여성들과 함께 거리로 나와 촛불을 켜든 사회적인 속내를 어떻게 풀어내야 할 것인가. 몇 년 전 '정치'가 우리 시의 강력한 쟁점으로 떠오른 것과 무관하지 않겠다. '시'는 '정치'와 무관한 것이 아니라, 오히려 시 쓰기가 하나의 정치적 실천임을 다음처럼 잘 드러내 주는 말도 없을 것이다. "작가들이 정치적 언어의 무의미함과 그 언어가 헛되이 기능하는 방식을 밝혔음에도, 역으로 작가들은 언어의 내부에 존재하는 정치적 성격을 발견한다. 언어의 모든 용도는 세계에 대한 비전을 전제로 하며, 언어 구조는 정치적 시스템과 일치한다."[46] '언어의 모든 용도는 세계에 대한 비전을 전제로 하며, 언어 구조는 정치적 시스템과 일치한다'라는 말에 유의한다면 우리 시의 최근 경향을 짚어내는 데 유의미한 시사가 될 수 있지 않을까. 퇴적된 사회 정치적 모순들이 곪고 흠집 난 정신적 상처들은 언어로 내면화되어 '그늘'을 만들어낸다. 이는 폭력적인 세상을 끊임없이 겪으면서 이와 병행해서 나타나는 트라우마의 시적 발현 양태이다. '촛불'이 보여준 새로운 가능성과 '용산참사'의 절망 사이에서 시인에게 다가온 세상의 형식이란, 바로 언어로 세계와 접선하는 직조된 틀이며 그 틀에서 투과하는 한국 정치 시스템의 형상이지 않을까. 이는 1980년대 황지우의 시에서 실험적으로 나타난 정치적 비판과는 그 형식을 달리한다.

> 검어진 용산을 지나가는 버스가 멈춘다 불이 난 망루에서 함께 내려오지 못한 이의 외투와 신발이 한쪽으로 치워졌다 그들의 불안이 치워졌다 그들의 불면이 깨끗하게 치워졌다 버스에서 내린 검은 얼굴들이 한주먹 파편처럼 길바닥으로 쏟아져 나왔다 검게 그을린 뒷모습이 어두운 골목으로 사라져버렸다 뜨거운 망루에서 뛰어내린 달빛이 이봐요 저기요 마스크를 벗어 던졌다 타버린 집의 허공에서 살아남은 눈동자와 마주쳤다 당신의 이야기는 저 높은 곳에 살았잖아요 당신의 이야기는 옛집에 지금도 살아요 불면의 잠옷을 차려입은 아이들이 긴 밤을 돌아다니며 달의 쪽방으로 기어들어가 호오 입김을 분다 뜨거운 계단에 주저앉은 아빠들의 이야기는 숯처럼 검은 눈물을 흘린다
>
> - 이기인, 「달의 검은 눈물이 흘러내리는 밤」 전문,
> 『어깨 위로 떨어지는 편지』(창비, 2010)

계급 모순이니 민족 모순이니 하는 저 사회구성체론을 구성했던 거대 담론이 오늘날의 사회구조를 제어하고 규정짓는 틀의 유효성이 사라진 때의 '폭력'이 어떻게 언어로 트라우마를 형성하는지 생각해 볼 필요가 있다. 위 시는 국가가 자행하는 공공연한 사회적 폭력이 법과 치안과 질서유지라는 이름으로 행하는 공권력의 치부보다는, 폭력에 습윤 된 언어의 그늘에서 그 잔인한 외상(外傷)의 흔적을 끄집어낼 수 있다. 노동자와 빈민의 편이 아니라 자본과 정치권력에 좀 더 가까이 있는 치안의 속성은 시에서 고발이나 비판의 형태가 아니라 내면화의 형태로 나타난다. 선전선동 시가 유효했던 때는 아직 정치적인 희망이 남아있을 때였다. 우리는 "불이 난 망루"가 사람들의 분노를 끌어모아 정치 투쟁의 도화선이 되리라 믿지 않았다. 이는 정치적 무관심과 또 다르다. "당신의 이야기"나 "아빠들의 이야기"는 더 이상 현실이 될 수 없었고, 다만 '소문'으로만 전해지는 것이기에 주저 없이 사회공동체로부터 '격리'가 가능해졌다. 2000년이 시작된 지 십여 년이 지난 시점에서 과연 그 일이 벌어질 수 있는지 우리가 상상조차 할 수 없었을 때에도, 삶의 피비린내 나는 전투는 이어졌던 것이다. 시에 들어 있는 조용한 목소리가 다음처럼 중얼거리는 사실은 틀림없는 우리 사회의 알레고리다. "당신의 이야기는 저 높은 곳에 살았잖아요 당신의 이야기는 옛집에 지금도 살아요" 메아리처럼 잦아드는 타자들의 이야기와 목소리는 그늘 짙게 우리의 무의식에 각인된다. 죽음의 유령이 떠도는 장소는 곧 이 사회가 내몬 게토이고, '잠재된 희망'이라는 이름으로는 더 이상 호출될 수 없는 설화에 지나지 않게 된 것이다. 이 무기력과 탈색된 분노를 시는 형상화한다. 정치가 오래전에 정치꾼들의 하나 마나 한 담화의 영역으로 축소되었을 때 언어의 정치 기능 또한 점점 좁아진다.

지금의 현실은 앞으로 다가올 '더 좋은 날'을 위한 생산구조의 모순이 집약된 상태가 아니다. 오늘날 시의 언어는 그동안 내면에 쌓였던 삶의 거짓과 온갖 추문들이 그림자처럼 달라붙어 있음을 숨기지 않는다. 패배의 형식이 무의식으로 남아있게 된 것이다. 물론 모든 시가 그렇다는 뜻은 아니다. 촛불이 가져다준 새로운 삶의 가능성과 그 눈에 보이지 않는 오묘한 영역과 상응하는 작품이 쉽게 눈에 띄지는 않지만, 수많은 시인이 골몰하는바 지난 시대가 맞춤했던 시의 치열한 문제의식을 망각한 오늘날 예술가들의 의식을 객관적으로 증표 하기 시작한 점에서 위안을 삼을 수 있겠다. 시인은 정치가가 아니며, 삶과 분리된 금단의 성채에 고립된 '귀족'은 더더군다나 아니다. 위안이나 값싼 서정에 호소하는 언어 형식보다는 우선 한국사회가 깊이 빠져 있는 대책 없는 일상성에서 벗어날 것을 요구한다. 일상성은 사회적 트라우마를 지우기보다는 그것의 존재 자체를 일부러 인정하지 않는 백치의 형식이다. 유행하는 배우의 복장과 소리를 시늉하는 청소년처럼 그것은 삶이 주는 의미와 사회적 진리에 대한 궁극적인 물음을 아주 간단하게 무효화 해버린다. 유행이나 트렌드만 남아 있는 우리 시대의 거죽이 어떻게 일상에 파고드는 자본주의의 폭력 양상에 대항하는 연대의 외투가 될 수 있을까. 이는 '정치'의 참여가 아니라 새로운 정치의 포문으로 시작해야 한다. 촛불을 치켜들었던 소수자들은 사실 우리가 그토록 경멸해 마지않던 무책임한 군중이었다. 촛불과 군중의 변위와 호환성은, 이제 비틀즈가 소리쳤던 'let it be'의 참된 뜻처럼 알게 모르게 우리 앞에, 지금 여기에 '있다.' 시인은 높은 곳에 있지 않고 낮은 데로 내려와서 이들이 펼쳐 보이는 어지러운 운신을 기록할 필요가 있다.

> 그의 옆집에서 우리는 커피를 나눠 마셨다. 늙은 시인, 더욱 늙은 시인이 입술을 둥글게 하고 액체의 표면을 후후 불었다. 그의 옆집에서 우리는 장기를 두었다. 늙은 시인과 더 늙은 시인이 마주 보았다. 더욱 늙은 시인이 여러 가지를 참견하였다. 옆집은 조용하다. 그의 옆집에서 우리는 중국 음식을 주문했다. 짬뽕과 짜장면과 탕수육이 왔다. 늙은 시인이 나무젓가락을 비대칭으로 갈라놓았다. 그의 옆집에서 북방의 냄새가 번져 나갔다. 담을 넘어가는 빨간 냄새를 늙은 시인은 황망히 쳐다보았다. 덜 늙은 시인이 큰일 났다는 시늉을 하며 손을 휘적거렸다. 더욱 덜 늙은 시인이 스프레이 모기약을 뿌렸다. 그의 옆집에서 우리는 커피를 나눠 마셨다. 옆집은 조용하다. 물을 끓이고 종이컵에 프림을 부었다. 젊은 시인은 조용히 장기판을 다시 편다. 덜 젊은 시인은 그러모은 침을 화분에 뱉는다. 옆집에서 사이렌 소리가 들리는 것 같다. 옆집에서 총소리가 나는 것 같다. 옆집에서 살이 터지고 뼈가 부러지는 것 같다. 우리는 늙었으니까 잘못 들을 수 있다. 우리는 젊으므로 행복할 권리가 있다. 우리는 그의 옆집에서 그의 발소리를 숨죽여 기다린다. 급기야 시인들은 서로를 몽둥이로 때리며 점점 분명해지는 옆집의 소리를 외면한다. 우리는 계속

해서 늙었다. 옆집은 그대로다. 보이지 않는 것은 보지 않을 수 있게 되었다. 남은 음식이 뒤섞인 그릇을 오늘 자 신문으로 덮는다. 악마의 행복도 이렇게, 치밀하지 못했다.

- 서효인, 「그의 옆집」 전문, 『백 년 동안의 세계 대전』(민음사, 2011)

음풍농월만을 읊조리는 시인들에 대한 비판으로만 읽히지 않는 까닭이 어디에 있을까. 위 시에서 세상과 현실의 두 측면을 찾을 수 있다. 삶을 지독하게 움켜쥐려는 쪽과, 삶을 즐기려는 쪽이다. 단순한 대비인지 모르겠지만 세상 '속'에 있는 존재와 세상 '밖'에 있는 존재 사이에서 경계가 진 그 틈은, 어느 누구도 메울 수 없는 진공의 상태와도 같은 것이다. 시인이 현실을 외면하는 것이 아니라, 부득이 '시인'이라는 집단적이고 역사적인 명명법 자체가 스스로 옭아매는 올가미가 되어 저 자신을 격리시킨다고 보아야 할 것이다. 그런데도 시인은 이 점 또한 잘 알고 있으며, 그 무책임한 생활의 방기가 주는 삶의 무기력함을 즐긴다. 이들은 위 시처럼 "늙었으니까 잘못 들을 수 있"고 "젊으므로 행복할 권리가 있"음을 당당하게 외치는 존재들이다. '그'가 나타내는 뚜렷하고 주체화한 존재는 자신에게 주어진 필연적인 현실 공간을 세상의 모든 것처럼 받아들인다. 사실 인간이 원래 그런 존재이지만, 특히 시에 형상화되어 있는 '그'의 모습은 즉물성에 가깝다. 이런 '그'를 간접적으로 그릴 뿐인 '우리' 또한 '그'가 살고 있는 집에서 벌어지는 풍경을 짐작만 할 뿐이다. 하지만 마침내 "시인들은 서로를 몽둥이로 때리며 점점 분명해지는 옆집의 소리를 외면"하고 "계속해서 늙었"고 "보이지 않는 것은 보지 않을 수 있게 되었"고, 결국 "악마의 행복도 이렇게, 치밀하지 못했다"고 말하는 시인의 입에서 어떤 조짐을 감지하지 않을 수는 없겠다. 가령 시인이 오감으로 느끼는 세상 속 진실이 시인이 확신하는 것만큼이나 과연 진실한 것인가. 시적 프리즘으로 추출해 낸 현실과는 또 다르게 시인의 몸으로 감지하는 현실 속 세상은 얼마나 너저분하고 파편적인가. 현대인의 일상이 외면하고 거부하고 싶은 것은, 참으로 이 세상이 눈에 보이지 않는 인간의 욕망과 힘의 역학 관계에 따라서 짜이게 된다는 사실일 것이다. 이 소극성은 '거리'에 나서기보다는 안락한 주거 공간이나 문화 시설에 반응하고 호응하는 경향으로 나타난다. 거기에서 '정치'는 사라지는 것이 아니라 봉쇄되고 봉합된다. "보이지 않는 것은 보지 않을 수 있게 되었다"는 전언은 의미심장하다. "보이지 않는"소극이 "보이지 않는 것은 보지 않을 수 있게 되었다"는 적극을 핑곗거리로 격상하는 이 무시무시한 의식의 농락이 오늘날 시인뿐만 아니라 지식인들 마음 한구석에 피어오르는 간계를 표현하고 있지 않은가. 식자층의 안일함은 비단 어제오늘만의 일이 아니다. 우리 사회의 총체적이고 전면적인 억압 구조 속에서 자라 온 환부가 터져 더 이상 곪지 않을 때쯤 생겨난 흉터이다. 의지와 관계없이 자리 잡은 마음의 흉터는 사람들을 비집고 흘러 다니면서 감염을 일으키는 세균처럼 곳곳에서 활개를 치고 있다.

'안일함'은 '일상성' 뒤편에 어른거리는 그림자 같은 것이다. '안일'자체가 부정적인 뜻을 지니고 있지는 않다. 그런데 그것은 한국의 소시민적 삶을 영위하는 사람들에게 붙일 수 있는 전형적인 문구가 될 수는 있을 것이다. 안일함의 조류는 시에서 점점 자리를 넓혀가고 있는 '자기 언어'의 확장과 묘하게 어울린다. 자기 언어의 확장은 바로 개성화를 말함인데, 젊은 시인들의 시에서 종종 출현하는 개성적인 언어와 문체는 세계를 각자의 나름으로 해석하고 판단하는 최근의 흐름과도 상응한다. 짙은 서정의 세계를 선보였던 어느 시인의 "나는 여전히 칠판 당번/속이 터진 지우개를 들고/구름이 쓰윽 하늘을 지나간다/고개를 외로 젖히고 털어도/숨을 타고 들어올 것 같은,/저 구름은 한때/내 몸속에 있던 글자들이었다"[47]와 손택수 시인과 동년배인 심보선의 "우리는 지금 여기가 아닌 곳에서만 안심한다. 이 세상에 없는 숲의 나날들을 그리워하며."(심보선, 「나날들」 부분, 『눈앞에 없는 사람』, 문학과 지성사, 2011) 같은 구절에서 이를 세밀하게 따질 수 있다. 이처럼 두 시인의 시에서 따온 구절 가운데 쓰인 '나'와 '우리'는, 일상적인 문법의 측면이나 시의 문맥에서 볼 때 전혀 이상하다거나 어색한 대명사는 아니다. 그러나 한 가지 재미있는 사실은 「먼지 구름이 지나간다」의 시편에 '나' 대신 '우리'를 넣거나, 「나날들」의 '우리'에 '나'를 넣어도 자연스러우며 오히려 더욱 알맞겠다는 판단이다. 두 시인이 말하고 있는 일인칭의 '나'와 그 복수 형태인 '우리'는 어느 특정한 주체(주체들)라기보다는, 시인이 의도했든 그렇지 않았든 '자기의식'의 발현이자 그것이 기입된 표시일 뿐이다. 이는 익명성과도 관련이 있다. 뚜렷한 공동체의 의식이 점점 옅어지고 다수의 개체가 각각의 사고방식대로 이 세계를 구획 짓고 분할하는 가운데 우리 시의 표정들이 세밀해진다. 최근 우리 시의 흐름은 분명 지난시기의 사회역사적 주름들이 시인의 특수한 시적 체험에 따라 펼쳐지거나, 다시 덮여서 넓게 보면 또 다른 심리적 외상을 간접적으로 드러내는 방식이 될 수도 있는 것이다. 사회적인 절망과 상처가 쌓이고 쌓여 그늘진 주름들을 시의 언어로 들추는 일만큼 마음 아리는 일도 없을 것 같다. 세상의 번민과 고독한 사유의 언어적 표현 양식인 시는, 그런 시대적 암울을 껴안고 있으리라.

> 그는 곡선이 없는 방 안에 살고 있다/그는 생각한다, 이 방은/정확한 각도로 오려진 유배지/천장으로부터 드리워진 빈 새장을 바라보며/그는 또 생각한다/새장은 새가 없을 때/더 완벽하지 않은가/이 방에서 그는 커피와 담배, 그리고/몇 개의 바람직한 성격들에 중독돼간다/오래전 누군가와 함께 들었던/어느 자갈 해변의 파도 소리를/이 밤에 어울리는 소야곡으로 떠올리며/그는 좋은 기분에 빠져든다/그는 곡선이 없는 방 안에 살고 있다/누군가 떠날 때 방 안에 있던/곡선들을 죄다 지워버린 것이다/그는 생각한다, 좋은 취향이란/혈통이 좋은 암코양이/같은 것/머물려고도 달아나려고도 하지 않는/우아함, 그 우아함에/그는 매혹되었다, 그리고/그는 자신한다, 그의 불행에는/분명 어떤 긍정적인 측면이 있다고/이 빈방에서 그는 지금/하나의 완벽한 태도를 창조하고 있다고
>
> - 심보선, 「속물의 방」, 『눈앞에 없는 사람』(문학과 지성사, 2011)

'그는 자신한다, 그의 불행에는/분명 어떤 긍정적인 측면이 있다고/이 빈방에서 그는 지금/하나의 완벽한 태도를 창조하고 있다고' 말하는 시인의 목소리를 들어보자. 시인은 냉소에 빠져 있고, 냉소를 보이는 자신의 마음조차 '어쩔 수 없는 상처'라 위무하지 않았을까. 우리가 지금까지 의지와 관계없이 만들어 낸 상처와 주름들이 서로 얽히고설켜서 내보이는 무늬가 참으로 슬프다. '속물'인생도 나름의 철학과 원칙이 있다. 우리는 속물을 욕하지만, 스스로 속물이 되어가면서 스스로를 합리화한다. 이 말은, 우리가 어쩔 수 없이 속물이 될 수밖에는 도리가 없다는 뜻이 아니다. 어느 시대, 어느 나라에도 속물은 존재한다. 속물은 비난받아야 할 정신적인 질병 같은 것은 아니다. 중요한 것은 이 시에서 속물인 '그'가 '우아함'을 말할 때 생겨난 아이러니를 '그'가 받아들이고, 또한 시인이 형상화하는 숨은 뜻을 상기할 때 생기는 복잡 미묘한 언어적 양상이다. 시는 상처를 껴안고 주름진 삶의 그늘들을 표현할 '의무'가 있다. 우리 사회의 건강함 이면에 차곡차곡 쟁이는 아픔은 비단 역사적인 것뿐만 아니라 실존의 개체성에서도 비롯한다. 속물이건 아니건, 고상한 사람이건 그렇지 않건 시에서 묘사하는 인물의 개인성은 그 자체로 뚜렷하다. 속물의 존재성은, 속물이지 않아야 하는 어떤 존재성을 전제로 한다. '속물이지 않아야 하는 어떤 존재성'은 이 세계가 아무리 뒤죽박죽 엉켜있고 세계를 침범하더라도 거기에 매몰되지 않고 우뚝 설 수 있는 존재의 성질이다. 우리 시대에 이런 존재를 갈망하는 것처럼 본질적인 물음도 그리 많지는 않을 것이다. 이는 사회적 트라우마의 차원이 아니라 우주 차원의 그것을 반성하게 한다. 거창하게 우주 차원이라는 말을 쓰지 않더라도, 사회적 트라우마는 충분히 '전체적'이다. 사회는 사람을 포괄하고, 이러한 사람의 목숨 줄을 쥐고 있는 것은 바로 우주 생명의 파노라마 같은 '마음'이다. 이것은 사회 구성원들이 서로 주고받는 가운데 싹트는 '잉여'이고, 전체와 개인, 그리고 개인과 집단이 복잡한 방식으로 엮이는 중에 툭 떨어지는 '이물질'같은 것이다. 언어는 그것을 기록하고, 시는 그런 언어로 이루어지는 형식이다. 그리고 바꿔 말해 시가 상처를 드러내고, 시가 드러낸 상처를 언어는 하나의 '거스름'으로 독자들에게 내어준다.

김지하는 시「나에게 한 거스름이」에서 "아아/한 거스름이/온다 // 그것은 단 한마디/'그렇지 않다/너는 옳다'// …중략… // 그러나/아내의 반대를 모시기 위해/삼천 년의 그/편성偏性에 // 하아얀 초승달에/크고 큰절을 드리기 위해 // 나의/조용한,/미소 짓는 한 거스름이 반드시/필요하다는 // 그런/대답이 바로 // '그렇지 않다/너는 옳다, 그러나.'"라고 썼다. 기실 지금-여기에 있으면서 그 무엇이 '거스름'이었다고 판단하기는 쉽지 않다. 사유의 하나이지 않겠는가. 증상은 오롯이 자신이 자각하는 것이다. 특정한 사회도 마찬가지다. 모든 것을 거스름으로, 잉여의 '무엇'으로 생각할 때 치유의 길은 열린다. "그렇지 않다/너는 옳다, 그러나."에서 '그러나'라는 것. 이 역접의 언어야말로 우리 시대와 우리 시가 궁구하고 좇아가야 할 '말'이지 않을까. 이것은 확정의 순간을 되돌리고, 다시금 최초의 상태로 순간 이동하여 자신과 공동체를 새롭게 밝히는 원초적인 의문으로 남는다. 그리고는 거역할 수 없는 '촛불'과도 같은 것, 이곳저곳에서 제각각의 '역접'들이 들고나오는 무수한 점들을 눈 크게 뜨고 지켜보는 것, 그 속에서 우리 시가 환히 걸어가야 할 길이 보일 것으로 믿는다.

시인은 현실과, 현실을 바라보는 시각뿐만 아니라
반드시 그리되어야만 하는
시적 유토피아로서 이상적인 상태를 드러낸다.
시적 언어란 이런 것이다.
그것은 시인의 잠재의식이
생활언어를 '시'로 끌어들이는 과정에서
새롭게 용솟음치는 하나의 시적 비전으로서,
'운명'에 맞서고 이를 뚫어야만 하는
시인의 지독한 숙명을 말하는 것에 지나지 않는다.

재현의 한 양상

- 박남철의 시「왼쪽 삼각형 정원의 나무」의 경우

박남철 시인은 생활의 소재에서 시적 진실에 이르는 작품을 오랫동안 꾸준하게 써왔다. 기존의 시 문법을 파괴한 해체시로 독자들에게 충격을 준 시인으로도 널리 알려져 있지만, 내가 볼 때는 오히려 현실의 리얼리티를 극대화하는 작품들을 꾸준히 생산해왔다는 점만으로 그의 시 세계의 특징을 추스를 수 있다고 본다. 여기에는 가식 없는 시심(詩心)과 현실을 가감 없이 응시하는 시인의 기질에서 비롯하는 바가 클 것이다. 그중 생활어(일상어)의 도입이 시적 감동을 배가하는 여러 시편들과, 사실에 대한 날것의 재현만으로 시적 정황을 고스란히 보여주는 시편들이 박남철 시 형식에서 크게 도드라지는 점이다. 가령「진리」에서 "“선생님, 다시 만나 뵙게 되어서 너무나 반갑습니데이! 엉엉엉……"/"응, 응, 괜찮아, 괜찮아……"/"선생님, 제가 지난번에 괜히 전화 드려서 편찮으신가 싶어서 너무 많이 걱정했습니데이……! 엉엉엉……"/"엉, 응, 괜찮아, 괜찮아, 나 아무렇지도 않아……”"의 구절이 전자의 쪽에 선다면, "나는 작년 12월 이래로 지금까지 겨울, 봄, 여름을 삶과 죽음 사이에서, 가엾은, 작은 흰 모자를 쓰고 온 동네를 모이를 주우러 헤매고 다니는 작은 참새 한 마리 같은 아내의 눈물 어린 호소 사이에서, 돼지처럼 뚱뚱해진 채 오는 11월 4일에 있을 것이라는 수능을 준비한다는, 귀가할 때마다 식충이, 술충이, 잠충이로서의 '그레고리 잠사-애비'를 한번 흘낏 분노한 표정으로 쳐다보고 마는…… 고개를 돌려버리고 마는, 아들 사이에서, 매일 아침 전화가 걸려오는 죽음의 신용불량의 터널의 입구에 서서, 그 밑 모를, 출구 모를 입구에 가만히 서서……"(「지금 나는 살아있는가?」)의 경우 후자의 편에 선다. 흔히 시 언어라고 말할 때의 '언어'는 일상 언어와 차별화되는 지점에서 '창조된' 언어는 아니다. 그것이 시의 핵심 구성이 되어, 시 형식의 중요한 매개가 되어서 시적 양식으로 탈바꿈할 때 그것의 존재 방식이 이루어지는 것이다. 대개 '함축'과 '비유'가 시 언어의 특징이라고 말한다. 틀린 말은 아니지만, 좁은 의미의 시 언어일 경우에만 해당하는 진술이다. 시 언어는 어떤 점에서 생활 언어의 테두리를 넘어선다고 보아야 한다. 이는 '전달'과 '소통'이라는 경계를 넘어서지 못하는 경우가 태반인 일상 언어의 한계를 깨뜨리고 부수는 것이 시 언어의 훌륭한 기능이라고 평가하고 싶은 내 의도와도 맞대어 있다. "시는 '전달'하면서 상대의 의중을 선취하고", '소통'하면서 소통의 경로를 뛰어넘는다. 그것은 독자에게 말하는 방식으로 이루어지는 것처럼 보여도 결국에 자기 자신에게 말 건네는 이중 회로의 방식이다. 자기반성인 것이다. 박남철의 시가 단순한 일상 언어의 형식을 취하는 시편들을 생산해 내는 듯 보이는 시 작업이 결코 단순하게 여길 수만은 없는 까닭도 여기에 있다. 가령 이렇게도 말할 수 있겠다. 그의 시는 현실을 드러내는 것이 아니라 현실을 해석하는 시인의 세계관까지 포함하는 넓은 의미의 현실 세계를 재현하는 것처럼 보인다. 자기의식까지 의식하는 현실 세계는 지성적 의식이자 메타 의식이다. 이것은 시적 재현의 새로운 지점을 만드는 점에서도 의미 깊게 살펴보아야 할 문제다. 그의 시 가운데 「왼쪽 삼각형 정원의 나무」를 중심으로 살펴보겠다.

①

지난 5월 어느 날 산책을 나갔다가 나는 내가 늘 쳐다보며 다니곤 하던 한 나무의 가지를 마구 흔들고 있는 것을 보았다.
할머니들과 아주머니들이 멀찌감치 벤치에 앉아서 웃으며 바라보고 있어서 말릴 엄두도 못 내었다. 국민학교 상급 학년쯤 되어 보이는 아이는 그악스레 맨 밑가지를 흔들어댔지만 훌라후프가 걸려 있는 나뭇가지는 너무 위여서 내 키로도 어림이 없어 보였다.
담배를 사가지고 도로 올라오니 아이는 드디어 아직도 연약하기 짝이 없어 보이는 나뭇가지 위로 기어오르기 시작했다. 아이의 체중을 실은 맨 밑가지의 비명이 들리는 듯하여 나는 황급히 집 쪽으로 걸어 올라와 버리고 말았다.

왼쪽 삼각형 정원에서 유일한, 아니 단지 안에서 유일해 보이던 그 이름 모를 아름다운 젊은 나무의 맨 밑가지는 결국 깊이 균열이 가 있었다. 훌라후프도 없고 할머니들도 아주머니들도 없는 정원에서 그 이름 모를 나무는 아프게 아프게 서 있었다. 아이를 말리지 못했음을 깊이 자책하며 오래 그 자리에 서 있던 나는 오른쪽 삼각형 정원에서 똑같은 종류의 나무 두 그루를 발견하고 그만 깜짝 놀라버리고 말았다.

지난 8월, '참, 그렇지!' 하며 점점 누렇게 시들어가는 나뭇잎을 하나 따서 큰 서류 봉투에 넣어 강원대 약대 허문영 교수님께 보냈더니 이내 회답은 왔다. "그 나무의 이름은 마로니에입니다." 라고.

-『자본에 살어리랏다』(창작과비평사, 1997), 제36면과 37면 사이.

②

아이야, 아이의 누나야,

너희들에게는 단지 '놀이' 였었겠지만,

그 나무 아직 죽지는 않았었더구나

그 나무 아직 죽지는 않고 오히려 더 늠름하고 우람해져 있더구나

아이야, 아이의 누나야, 이제

너희들도 살다 살다가 몹시도 쓰라리고 원통해질 때 있거던

서울시 구로구 수궁동 우신빌라의 연립주택 단지로 한번 가보아라

아이의 누나야, 그때

그 나무 아직 죽지도 않고 스스로 더 우람해져 있더구나

그때 그 나무 그 찢어진 상처를 안고 1년을 울면서 또 2년에 걸쳐 더 견뎌내고

그 나무 이젠 눈물 닦고 사람들을 아래로 내려다보며 서 있더구나

아이야, 아이의 누나야,

아직 너희들의 훌라후프야 물론 너희들의 것
너희들의 그 훌라후프야 물론 너희들의 일생일대의 것

아이야, 아이의 누나야, 지금
너희들의 훌라후프야 그 억울한 비닐의 훌라후프야 물론 사라지고 없을 테지만

그 나무 때문에,
너희들의, 그 나무 때문에, 그 상처의 기억은 더욱 늠름히 늠름히도 서 있더구나
너희들의, 그 나무 때문에, 무지의 죄업의 훌라후프야 이젠 사라지고 없을 테지만,

아이야, 아이의 누나야, 아이들아,
너희들의 그 비닐의 훌라후프야 물론 한 점 거짓도 없는,
그 나무 때문에, 너희들의 것이었을 테지만.

③
루우, 루루, 루루루루루우……
루우우, 루루, 루루루루루우우우……

- "해미르의 집"[www.hamir.com.ne.kr(2001. 10. 2. 03:)]에서 작성.

박건, “그 사람 이름은 잊었지만”

<embed src=“http://song.oldbutgood.co.kr/박건 - 그 사람 이름은 잊었지만.asf” loop=“true” >

-「왼쪽 삼각형 정원의 나무」 전문(박남철, 『바다 속의 흰머리뫼』, 문학과 지성, 2005)

위의 시는 세 겹의 정보를 재현한다. 첫째로 같은 제목의 시로서 시집 ‘『자본에 살어리랏다』(창작과 비평사, 1997), 제36면과 37면 사이’를, 그리고 인용한 작품이 박남철 개인 사이트인 ‘ “해미르의 집”[www.hamir.com.ne.kr(2001. 10. 2. 03:)]에서 작성’했다는 사실을 재현한다. 여기에 특이하게도 대중음악의 트랙백 주소를 삽입함으로써 가수의 노래까지 재현하고 있다. 이 전체가 한 편의 시가 되고, 온전하게 「왼쪽 삼각형 정원의 나무」를 감상하기 위해서는 시인이 제시한 정보를 총체적으로 음미해야 한다는 사실을 알 수 있다. 두 번째로는 사실과 경험의 재현이다. 이 시의 소재가 되기도 한다. “지난 5월 어느 날 산책을 나갔다가 나는 내가 늘 쳐다보며 다니곤 하던 한 나무의 가지를 마구 흔들고 있는 것을 보았다.”로 시작하는 사실의 재현에서 “아이야, 아이의 누나야”란 구절을 반복하면서 마치 노래의 후렴구처럼 이어지는 감성의 재현에서 두 번째 재현 양상으로 묶을 수 있다. 마지막 세 번째 재현은 시인이 노래를 하듯 읊조리는 “루우, 루루, 루루루루루우⋯⋯/루우우, 루루, 루루루루루우우우⋯⋯”이고, 이는 이 작품의 트랙백 주소에도 나오는 노래의 소절이기도 하다.

사실→감성→읊조림으로 전개되는 「왼쪽 삼각형 정원의 나무」는 시적 재현의 독특함을 보여준다는 점에서 박남철 시의 한 특징으로 잡을 수 있다. 사실과 체험으로부터 촉발된 소재가 어떻게 가슴 아린 현실-시적 자아의 현 상태의 반성적 재현으로 승화하는지 이 시는 잘 보여준다. '마로니에 나무'와 박건의 노래 '그 사람 이름은 잊었지만'은 우리에게 지난날 행복했던 세계를 떠올리며 아무것도 모르는 순진한 아이로 돌아가게끔 하기도 한다. 순수와 이상적인 상태의 세계는 기억에는 잊힌 까마득한 옛날이거나, 언젠가는 오리라 믿고 있는 유토피아를 상념하게 하는 점에서 이 작품의 주된 대비는 뚜렷하다. "아이야, 아이의 누나야, /너희들에게는 단지 '놀이'였었겠지만, /그 나무 아직 죽지는 않았었더구나/그 나무 아직 죽지는 않고 오히려 더 늠름하고 우람해져 있더구나"처럼 '너희들'로 상징하는 속악한 현실과, '그 나무'로 상징하는 불변하는 이상(理想)의 세계가 그것이다.

박남철은 등단 무렵부터 현실과 대립하는 시적 자아의 모습을 줄곧 그리는 시인이다. 어떤 점에서는 거칠고 다듬어지지 않은 듯한 언사를 시에서 드러내는 경우도 많다. 하지만 이런 진단은 섣부른 것이고, 사실은 철저하게 의도하고 기획한 작품이 아니고는 발표하지 않는 시인이다. 그는 시집 『바다 속의 흰머리뫼』의 '시인의 말'에서 이렇게 썼다. "내 시 「고래의 항진」에도 나오듯이, '어디 머리가 약간 모자라는 돌고래 한 마리도 꼬리에 걸리'는 것은 시인의 운명인 듯하다."[48] 그에게 '시인의 운명'이란 어쩔 수 없이 모든 사람들이 분탕질을 쳐댈 때도 꿋꿋하게 시적 이상을 위해서 매진하는 것이다. 「고래의 항진」에서는 '고래'로, 또한 「왼쪽 정원의 삼각형 나무」에서는 '나무', 정확하게 말해서 '마로니에 나무'가 보여주는 "늠름하고 우람"한 태도에서 시인 자신이 쟁취해야 할 '그 무엇'을 감지했으리라. 이것이 위의 시 자체가 보여주는 재현의 특징들 가운데 자기의식의 재현이다. 시인은 현실과, 현실을 바라보는 시각뿐만 아니라 반드시 그리되어야만 하는 시적 유토피아로서 이상적인 상태를 드러낸다. 시적 언어란 이런 것이다. 그것은 시인의 잠재의식이 생활언어를 '시'로 끌어들이는 과정에서 새롭게 용솟음치는 하나의 시적 비전으로서, '운명'에 맞서고 이를 뚫어야만 하는 시인의 지독한 숙명을 말하는 것에 지나지 않는다.

어쩌면 '독거'라는 이름은
생의 비극을 조금이라도 덜기 위해 만들어낸
이성의 간계가 아닐까.
고독의 슬픔을 주체하지 못하는 우리 나약한 인간이
발명한 존재방식이 독거인 셈이다.
독거,
이 두 글자의 기호가 사라지면
실상 무리 지어 살든 그렇지 않든
홀로 나와 홀로 이 세상을 뜨는 것이
신비하면서도 조화로운 생명의 철칙이다.

생이 소진하는 어귀, 혹은 다시 부풀어 오르려는 고요의 잠

- '독거'라는 이름의 존재방식

날 때는 시끄럽고 가실 때는 조용하다. 사람을 두고 하는 말이다. 탄생과 죽음이다. 태어남과 돌아가심의 사이에는 생명의 지속적인 영위가 있다. 생로병사의 악순환 속에라도 사람들은 저마다 최소한 하나씩의 의미를 쥐든지 남기든지 한다. 여기에는 예외가 없어서 가령, 이 세상에 드나든 해운대 백사장 모래알의 수효보다도 많은 인간과 또한, 거기에 그 수효만큼 곱한 것보다 월등히 많은 행위와 사연들 속에 자신의 흔적을 남기기 때문이다. 사실 수량이 문제가 아니라 인간의 존재성이 문제다. 즉 인간이라 지칭하는 개체의 속성은 정말 고약하기 짝이 없어서 무리를 이루거나 소통 행위 속에 포함되지 않으면 지레 불안하거나 쉽사리 고독이라는 실존적인 장막 속으로 자신을 숨겨버린다. 인간은 고독한 동물이다, 이 명제는 인간은 정치적인 동물이라는 말만큼이나 어찌 보면 실효를 상실한 말이다. 왜냐하면 정치는 고독을 이겨내려는 욕망에서 생겨난, 오랜 시간에 걸친 인간의 자명한 생존방식이기 때문이다.

'군중 속의 고독'은 대중산업시대를 살아가는 현대인의 특징적인 현상이기도 하지만, 무수한 실명과 익명들의 홍수 속에서도 자신을 공동체의 장에 기투하지 않고는 배기지 못하는 인간의 심리를 감추기 위해 사회 현상에 역 투사한 자기기만의 현장부재증명에 가까울 것이다. 따라서 고독은 그 기의에 도사린 존재의 서늘하지만 자유로운 존재 방식이라는 긍정적인 의미체계를 거부하면서 부정적이고 불온한 정치사회적 기표로 자리 잡은 감이 없지 않다. 고독이 독거의 양식에 손쉽게 달라붙는 까닭이 여기에 있다. 다시 말해 고독사의 문제는 곧바로 독거 형식으로 직결해서 바라보고, 독거 또한 최근 한국사회 가족과 경제구조의 변동과 떼려야 뗄 수 없는 인식의 고리를 만들어 내는 것이다. 단적으로 말해 독거는 한국사회의 다양한 구조체계의 발전과 변화에서 생겨난 '사생아'인 셈이다. '1인 가구'라는 순화된 일반적인 경제 개념이 주는 느낌과 '독거'의 용어가 풍기는 느낌은 다르다. 독거에는 일인 가구와는 다르게 '죄스럽고''쌀쌀맞으며''방정맞은'뜻이 들어 있는 듯하다. 따라서 그 말이 주는 어감과 함께 진작에 해소되어야 할 우리 사회의 '죄악'이 되어버렸다. 그것은 스스로 선택한 형벌은 결코 아니되, 공동체에서 추방당해야 할 범죄 목록이 되어버렸다.

독거를 소재로 한 시들을 읽으며 생각한다. 시인에게 독거는 무엇이며, 시적 해답은 과연 무엇인가. 아니 독거는 어떻게 하여 '아름다운(추한) 존재방식의 형상화'에 기여하게 되었나 자문하겠다.

그 음나무 아래 서는 순간 내가 지금
얼마나 아픈지 털어놓고 싶었다
울주군 곡천동문길, 골목에 홀로 서서
백 번째 봄을 맞는다는 나무는
내게 우직한 가지를 먼저 내민다
바람이 지나가는 길은 가지 사이로

미리 열어두었다 내 가슴에서

열여섯의 노을이 번져오는 것을

느꼈다 심호흡 한 번 하고 나면

노을의 붉은 기운을 빌려 오랜

아픔과 말할 수 있을 것 같았다

우듬지 끝 새순 솟대날개처럼 달렸다

나무 밑에 빈 의자 하나 물끄러미

미리 와서 기다리고 있었는지

지그시 눌러놓은 바닥이 떨렸다

고독하여 오래 독거하였기에

완벽한 저물녘이었다

- 김감우, 「식물성의 독거」 전문

오랜 독거를 나무에 빗대는 시다. "백 번째 봄을 맞는다는 나무는/내게 우직한 가지를 먼저 내민다"라는 표현, 즉 독거와 화자와 나무가 교감하는 순간 펼쳐지는 아뜩한 쓸쓸함이 위 시 전체를 휘감돈다. 사실 누구나 독거의 삶을 살지 않겠는가. 우리 모두가 어울려 산다고 생각하지만 실은 단지 그럴 것이라는 느낌만 간직할 뿐 홀로 견디면서 홀로 이 세상을 지나는 존재다. 그런데도 적막강산 같은 적적한 세월 속에 덩그러니 놓여 있다는 자각 뒤에는 여지없이 "고독하여 오래 독거하였"다는 비장한 한 마디쯤 흘릴 수밖에 없는 때가 꼭 찾아올 것만 같다. 나무와 화자가 필시 주고받았을 말

속에는 상대방에 대한 안부도 들어있지 않았을까. 아니 '식물성'이 주는 안정감과 수직 지향성의 의연함이 화자의 고독한 독거와 맞닿아서 그리게 되는 풍경 속에 두 그루의 단독자가 서 있는 듯 보인다. 「식물성의 독거」에서 형상화한 독거 이미지는 구체적인 동시에 추상적이다. 사물과 존재의 형식이 오랫동안 큰 변화 없이 지속해온 세계를 지그시 바라보는 데서 생기는 경외감이나 숭고함은, '독거'라는 삶의 방식마저 왜소하고 무의미한 것으로 만들어버린다. 즉 화자 자신의 독거 양상과 의식은 수령 백 년짜리의 나무가 자라난 생장 방식과 이의 독거에 대한 비유적 대입과는 관계없이 하나의 상태에 머물러 있다. 그런데 이유야 어찌 됐건 시적 화자의 상태가 나무와 서로 교감하는데 필요한 과정이나 계기가 된 것이 위 시의 도입 부분에 나오는 '고통'의 드러남이다. 다시 말해 "내가 지금/얼마나 아픈지 털어놓고 싶었다"인 것이다. 상처요 고통이요 생의 고름으로서 실존적 개인의 자기 실토가 있어야지만 비로소 독거의 문제적 양상에 대해 우리는 입을 열 수가 있다.

> 여긴 온통 가시덤불이야 잊지 말아줘 통증으로 파고드는 장송곡, 기억할 수 없는 나는 어떤 얼굴로 녹아내렸는지를 // 숲에서 들려오는 아이들의 목소리가 바람 같아/스카프처럼 금방이라도 날아갈 것만 같은 가녀린 손가락들이 까무룩, 울컥하는 이 시간도 곧 지나가겠지/호흡을 가다듬어야 해 아직은 // 걸어온 발자국들/마침표에 속지 말고 문장에도 속지 말아줘, 8월이면 키스하던 발자국이 입을 행궈 무덤 속 시체들을 꺼내 예쁘게 치장할지 몰라 가령 론다의 헤밍웨

이나 체호프 같은 // 그래 밖에 있어도 더 많은 것들이 안에서 자라는 이 여행은 여기쯤에서 끝내는 게 좋겠어 하늘이 온통 그렁그렁한 7번국도 여기쯤이면/될까, 잔 속 지구가 싸늘히 식어가는 주검의 자리

- 김루, 「내 삶에 바치는 애도 - 독거」 부분

고통의 자각과, 이 주체할 수 없을 정도로 고독한 독거인의 비애가 어느 순간 하나의 목표를 설정하는 순간을 위 시는 보여준다. 아마도 스스로 생을 마감하려는 듯한 시적 분위기 속에는, 독거의 방식에서 추출할 수 있는 실존적이고 사회적인 문제성이 삭제되어 있다. 심리의 나열과 어쩔 수 없는 자기 방기에서 피어오르는 짙은 페이소스와 허무만이 위 시를 사로잡는다. "스카프처럼 금방이라도 날아갈 것만 같은 가녀린 손가락들이 까무룩, 울컥하는 이 시간도 곧 지나가겠지"의 체념적 진술과, "그래 밖에 있어도 더 많은 것들이 안에서 자라는 이 여행은 여기쯤에서 끝내는 게 좋겠어" 말하는 시니컬한 어조에서 고통의 자기 함구가 아이러니한 방식으로 결론을 맺는다. 자살을 가능하게 한 요인은 상당히 많고 복잡하다. 상처를 아물기 위한 극단적인 선택이기도 하지만, 무엇보다도 자신의 상태에서 생겨나는 수많은 결여와 틈을 메우거나 신호를 주려는 대상이 없는 데서 가장 큰 동기로 작용할 것이다. 이 또한 독거가 가져온 실존적 비극이기도 하다. 자신을 현실에서 영원히 유폐해 버리고자 하는 일그러진 욕망이다. 오랜 독거에서 대개 생겨나기 마

련인 차폐의식의 극단화, 이 방식을 시에서 형상화한 또 다른 한 편을 살펴보자.

> 한 사내가
>
> 달리는 차량의 행렬 속으로 뛰어들었다
>
> 급정거 파열음이 퇴근길 황사의 뿌연 하늘을 찢어놓았다
>
> 흰색 가로줄 선명한 아스팔트 횡단보도 주변은
>
> 계절을 가늠할 수 없는 이상기류가 한순간 몰아쳤다
>
> 부딪친 차들의 파편이 사막의 우박처럼 쏟아지고
>
> 사내의 몸에서는 붉은 황토비가 흥건하게 흘러내렸다
>
> 운명을 호명하고 싶었을까 스스로 심장을 내놓아
>
> 흰 밧줄에 포획당한 황소개구리 자세로 자신을 전시하고 있다
>
> 떨어지기 일보 직전의 꽃들처럼 희미하게 켜지는 거리 불빛들
>
> 건너편 일몰의 붉은 신호등 앞에 서 있던 사람들도
>
> 신호가 바뀌자 육차로의 횡단보도를 달려왔다
>
> 엎어진 뒤에야 차지한 마지막 바닥,
>
> 루마니아 농부 모리츠가 그토록 간절했던 소속의 공간을
>
> 저 사내도 소원했던 건 아닌지
>
> 주검을 바라보는 시선들은 정황이나 사연에는 관심이 없다
>
> 오히려 타인의 비애가 비루한 일상을 밀치는 경고음으로
>
> 초록의 신호가 오자 상기된 얼굴을 하고 횡단보도를 오고 간다
>
> 이 도시에서 환절기를 견디는 방식이다

- 김양희, 「환절기」 전문

앞서 살펴본 「내 삶에 바치는 애도」가 독거인이 목숨을 끊기 전의 심리에 강조를 두었다면, 「환절기」의 경우 자살하고 난 뒤의 정황을 메마르게 진술한다. 자살자를 둘러싼 배경에는 사람과 사물들이 갑작스러운 일상의 균열에 흠칫 요동을 치다가도 원래 있던 자리로 선회하는 그림들이 빽빽하다. 하나의 죽음이 선사하는 혼란은 그리 오래 가지 않는다. 기껏 파열음이거나 침입자처럼 시간이 지나면 본래의 궤도로 되돌려 놓게 되는 충격일 따름이다. 즉, "주검을 바라보는 시선들은 정황이나 사연에는 관심이 없다/오히려 타인의 비애가 비루한 일상을 밀치는 경고음으로/초록의 신호가 오자 상기된 얼굴을 하고 횡단보도를 오고"갈 뿐인 것이다. 이들에게 거리의 자살자는 '환절기'로 비친다. 이는 일상의 낯선 침투자요 침입자이고, 이렇게 침범한 일상의 표정에서 자신들의 매무새를 한 번 더 고쳐 잡는 것이다. 비극의 당사자에게는 마지막 환절기였고, 이를 잠시 지켜봤던 이들에게는 남은 생에 얼마나 더 찾아올지 모를 '환절'의 경험인 셈이다. 독거와 자살로 이어지는, 결코 흔하지 않은 상상의 체험이 메마른 시상의 전개 속에서 형상화된 작품이다.

> 아무도 안부를 묻지 않는 아침이다 아무에게도 안부를 물을 수 없는 아침이다 생사를 확인할 길 없는 아침이다 생사를 확답할 수 없는 저녁이다 숨소리도 들리지 않는 저녁이다 위층 남자의 마른기침 소리가 들리는 저녁이다 구사일생 마지막 숨을 몰아쉬는 새벽이다 아래층에 쿵쿵 발소리를 내보는 새벽이다 땡땡 빈 밥그릇을 두드려보는

생이 소진하는 어귀, 혹은 다시 부풀어 오르려는 고요의 잠

새벽이다
죽은 체 그만하고 이제 그만 일어나 누가 노크 좀 해줘, 초인종 한 번
눌러줘
안간힘으로 다시 속삭여보는 아침이다 살아도 산 게 아니라고 낙서
해놓은 저녁이다 쌍욕에 따귀라도 때리고 싶은 한밤이다 따귀를 맞
고 벌덜 일어선 찬바람이 서늘한 칼을 들이대는 새벽이다 다 못한 이
말 한마디 목이 찢어져라 중얼거려보는 아침이다

미 안 해 이 제 그 만 좀 … 미안해

- 최영철, 「아침이다」 전문

독거의 사회학이 개인과 사회의 긴밀한 공동체적 관계와 이의 사회적 함의를 담고 있지만, 결국 실존적 측면의 인간학 관점에서 출발할 수밖에 없다. 개인과 개인 사이에서 서걱거리는 관계, 즉 어떤 식으로든 행복한 합일에 이르지 못하는 단자화된 관계가 오늘날 현대인의 참혹한 실정이다. 관계를 이루게 하는 최소한의 소통이 독거의 존재방식에서는 거의 유일한 삶의 의미요 위로일 것이다. 시 「아침이다」를 가득 메운 독백저 언어에는 평소 서로 관계를 이루는 사소한 경험과 의식이 얼마나 삶에서 중요한 요소로 작용하는지 새삼 자각하게 된 자의 심리가 훤하다. 가볍게 지나갈 수도 있는 안부의 말과, 늘 생래적이라서 의식조차 없었던 숨소리들을 호출하려는 화자의 언어에는 절박함마저 서려 있다. 밤과 새벽, 그리고 이

어지는 아침이 올 때까지 절규하고 절망했을 무수한 목소리들이 방 안 곳곳에 점점이 박혀 있는 듯하다. 시인은 그런 목소리들의 발산에 뒤이은 "안간힘으로 다시 속삭여보는 아침이" 올 때까지, 그리고 아침에 떠올리는 전날 밤의 독백을 마치 명멸하듯 사위워져 가는 기억 속의 외침처럼 간격이 점점 멀어져 가는 사실을 화자의 의식에서 느끼고 있음을 보여준다. 위 시 또한 독거자의 쓸쓸한 최후의 시적 알레고리이다.

소외는 곧잘 독거의 이름 옆에 붙어 다니는 명사다. 이 명사는 거꾸로 말해 소속과 일체감에서 적극적으로 동떨어져 나간 상태요, 동사적 존재방식이다. 사람과 노동의 소외, 그리고 사람과 사회집단의 소외 등 그것이 대상화하는 실체는 다를지라도 그것이 놓여있는 양태는 동일하다. 어떤 체계나 관계에 편입해 들어가지 못하고 쓸쓸한 단독자로 존재하는 소외자는 특히 최근 한국사회의 특징 가운데 하나가 되었다. 졸업 후에도 오랜 기간 취업 준비만 하는 청년들로부터 실직자들, 그리고 독거노인에 이르기까지 수많은 소외계층이 우리들 '속'에 있다. 이들은 의지와는 무관하게 사회경제적 시스템과 체계에서 비어있는 여백과도 같은 존재며, 변수며, 틈이며, 잉여다. 혹은 그렇지 않을 것이다. 소외는 사회에 저항하는 배반적 상태인지도 모른다. 이는 통념에 대한 반발이며 기꺼이 감내하는 생의 또 하나의 기쁨일 수도 있다. 고달프지만 자유의지의 빛나는 선택이다.

따뜻한 밥을 먹을 때도 혼자

가을의 긴 숲속 길을 걸을 때도 혼자

사랑의 시를 쓸 때도 혼자

간혹 혼자라는 것이 두려울 때도 있지만

혼자라서 더 두려울 때도 있지만

그래도 혼자라서 다행이라는 생각

벚꽃으로 화창한 여좌천을 걸을 때도 혼자

흑백다방을 찾아 문을 열고 들어가

이것저것 둘러보다 돌아 나올 때도 혼자

파전에 막걸리를 마실 때도 혼자

간혹 혼자라는 것이 두려울 때도 있지만

혼자라서 더 두려울 때도 있지만

그래도 혼자라서 다행이라는 생각

작은 간이우체국을 지나며

답장을 기다리지 않는 엽서를 쓸 때도 혼자

국밥을 먹을까? 국수를 먹을까?

사소한 고민을 할 때도 혼자

술잔을 건네줄 상대가 없다는 생각에

간혹 혼자라는 것이 두려울 때도 있지만

그래도 혼자라서 다행이라는 생각

원래 늑대는 외톨이가 아니라지만

혼자라서 더 두려울 때도 있지만

그나마 혼자라서 다행이라는 생각.

- 성선경, 「무리에서 떨어져 나온 외톨이 늑대는」 전문

'외톨이 늑대' 혹은 '외로운 늑대'라는 흔한 비유적 표현으로 독거의 삶을 형상화한 작품이다. 독거가 주는 고독하고 고달픈 삶을 오히려 행복으로 위안하고 있다. "간혹 혼자라는 것이 두려울 때도 있지만/혼자라서 더 두려울 때도 있지만/그래도 혼자라서 다행이라는 생각"은 굳이 독거자뿐만 아니라 어느 누구라도 한 번쯤 느껴보았을 법한 기분이다. 독거 자체는 부정적인 의미를 띤 낱말은 아니다. 객관적이고 가치평가가 들어있지 않은 말이지만, 대체로 부정적인 뉘앙스를 달고 다니는 명사다. 시인은 독거가 놓이는 맥락, 즉 부정적인 맥락에서 쓰이고 상징화되는 의미망들을 싹둑 잘라버리고 싶어 한다. 그럴 때 '혼자'라는 기표의 유희만이 즐겁게 떠다니는 것이다. 일상의 모든 행위에서 '혼자' 이루는 흔적에는 쓸쓸함이나 고독 같은 정서적 양상이 들어설 자리가 마땅치 않다. 물론 그런 감정이 없다는 뜻이 아니라, '혼자'에서 배태되는 일반적인 감정 상태를 온전히 딛고 일어서는 자리에는 오히려 '혼자'가 주는 실존적인 안락함 혹은 평온함이 들어서는 것이다. "그래도 혼자라서 다행이라는 생각"이 주는 함의는 복잡하고 미묘하다. 이 아이러니는 혼자이기 때문에 불행하지 않다는 의미가 아닌 데서 생긴다. '다행'에는 씁쓸한 자기 위안과 타인에 대한 배려에서 생겨나는 조용한 슬픔이 들어있다. 독거의 삶이 결코 여유가 아니라 고독한 생의 여정이듯이, 혼자여서 다행이라는 생각 또한 앞으로 숱하게 견뎌야 할 외로움의 표지들을 끌어안은 말인 것이다.

파헤쳐진 무덤 안에서 죽은 이의 삭은 무릎뼈에서 경첩이 나왔다 살아생전 그의 무릎에 쇠붙이를 박은 내력을 아는 이가 가족 중 아무도 없었다 아내는 그와 같이 산 시간보다 떨어져 지낸 시간이 많았고 자녀들은 아비에 대해 아는 게 별로 없었다 어미를 내친 포악스런 사내였다는 것밖에 녹슨 경첩을 두고 다른 이의 무덤을 판 게 아니냐고 했다가 관이 뒤바뀐 게 아니냐고 했다고 우왕좌왕했다

그러다가 누군가 울음을 쏟았다 생전에 그가 한쪽 다리를 뻗치고 방바닥에 앉아 생활했던 것이 떠올랐고 약봉지든 뭐든 죄다 손 뻗어 닿을 거리에 놓이지 않으면 불같이 성냈던 것도 떠올랐고 마실 물 떠나르기서부터 어미가 있었으면 감당했을 온갖 잔심부름을 해내느라 종종거렸던 어린 날들도 떠올랐다 그런 아비에게 저주를 퍼부으며 영영 집을 떠나 살아온 예순의 딸이었다

대개의 사람들이 내밀한 고통을 꾸리고 살다가 혼자 죽어간다 고통은 이해받을 수 있는 것이 아니며 또한 뜻밖의 증거물을 남기기도 한다 사람은 사라져도 녹슨 경첩은 남아 한 사람의 고독을 완벽하게 보여주었다 누구에게도 이해받지 않기 위하여 무덤 안에서 무덤 밖에서 아무도 모르게 견디는 무딘 시간이 있었고 죽어서도 집을 이사하는 수고로움이 남아 있었다

- 이잠, 「이장(移葬)」 전문

사람의 일생이 완전히 끝나는 때는 죽어서 사람들에게 완전히 잊히는 때다. 아니, 개체로서 한 인간이 소멸했다고 하더라도 그가 완전한 망각의 늪으로 빨려 들어갔다고는 쉽게 말할 수 없다. 삶의 양식이 문제고, 그가 사람들에게 기억되는 형식이 문제인 것이다. 이장의 경험에서 추체험하는 화자의 아버지에 대한 기억에서 생의 어지러움과 남은 자의 정신적 수고를 재배치한다. 죽음은 어떠한 형식과 내용을 띤 것이라도 희미한 표상을 남긴다. 흔적이지만 남은 존재들에게 뿌리 깊이 박혀 있는 눈물겨운 인장(印章)이요 절대 떨어지지 않는 손짓이다. 시인은 말한다. "대개의 사람들이 내밀한 고통을 꾸리고 살다가 혼자 죽어간다. 고통은 이해받을 수 있는 것이 아니며 또한 뜻밖의 증거물을 남기기도 한다. 사람은 사라져도 녹슨 경첩은 남아 한 사람의 고독을 완벽하게 보여주었다"라고. 말년의 삶의 양식이 어찌 됐건, 독거였든 아니든 고통과 고독이 뒤따르지 않을 도리가 없는 것이 삶이라는 무대의 마지막 장면이다. 즉 "누구에게도 이해받지 않기 위하여 무덤 안에서 무덤 밖에서 아무도 모르게 견디는 무딘 시간"으로서의 한 실존의 존재방식이다. 어쩌면 '독거'라는 이름은 생의 비극을 조금이라도 덜기 위해 만들어낸 이성의 간계가 아닐까. 고독의 슬픔을 주체하지 못하는 우리 나약한 인간이 발명한 존재방식이 독거인 셈이다. 독거, 이 두 글자의 기호가 사라지면 실상 무리 지어 살든 그렇지 않든 홀로 나와 홀로 이 세상을 뜨는 것이 신비하면서도 조화로운 생명의 철칙이다.

등 굽고 귀먹은 노인이 독상을 차리는 저녁이나
망망대해 먼바다에서 홀로 저녁을 맞이하는 늙은 고래나
살아있는 것들의 세상 끝자리는 다 독거獨居다
생명이 소진해 사라지는 시간 언저리 고독한 것이니
고독해서 아름다운 것이니, 독거는 생명의 마지막 꽃
좋았던 왕년往年 활활 불태워 저승 갈 때 들고 가는
길 잃지 않으려고 꽃등불 하나 환하게 밝히는 일이니
불구덩이에서 태워져 사람이 한 줌 재로 돌아갈 때
고래가 죽어 바다의 바닥으로 돌아갈 때
빈손으로 온 생이 돌아갈 때 들고 갈 것 있으니
고맙다 잘 살다 간다, 참 잘 살다 간다.

- 정일근, 「독거의 꽃」 전문

"생명이 소진해 사라지는 시간 언저리 고독한 것이니/고독해서 아름다운 것이니, 독거는 생명의 마지막 꽃"이라는 시인의 발언이다. 독거가 굳이 죽음을 끄집어낼 필요는 없지만, 죽음은 홀로 제단에 올려진 존재를 반드시 불러내기 마련이다. "등 굽고 귀먹은 노인"이나 "늙은 고래"가 맞이하는, 생명의 끝자리에 걸터앉은 상태에서 시인은 독거의 미를 본다. 시인에게 독거는 "좋았던 왕년 활활 불태워 저승 갈 때 들고 가는/길 잃지 않으려고 꽃등불 하나 환하게 밝히는 일"이다. 소멸해가는 존재의 미적 형상화에서 독거가 마냥 쓸쓸한 일만은 아니라는 전언이 들리는 듯하다. 죽음은 또 다른 세계로 차원 이동하는 의례요 과정이다. 저세상으로 가기 위해 살아가는 것은 아니지만, 끝내 아등바등 살다가 저세상으로 가는 길목에 이르면 순해지는 것이 인간일 것이다. 무리에서 빠져나와 각자, 저마다 다양하게 홀로 이 세상에 나왔듯이 갈 때도 저마다 사연과 형식들을 입을 문 채로 돌아간다. 그러니 여기엔 가타부타 말을 얹힐 여지도 없겠다. 독거의 내부는 고요하고 독거의 외부는 심란하다. 스스로 영글면서 마침내 잘 익은 능금 하나 가지에서 똑 떨어지듯 또 다른 여행을 하는 것이다.

식구들과 동떨어져서 혼자 사는 사람은 연령대가 어떻든 삶의 호기 하나쯤 건진 셈이다. 자신을 객관적으로 바라보고, 가끔은 쓸쓸한 저녁이어도 사유의 깊이와 정도는 달라진다는 것, 이는 함께 어울려 사는 사람에게는 결코 찾아오지 않는 행복이다. 그런데 문제는 사회경제적 약자라는 꼬리표가 은연중 달려 있을 때이다. 시는 이들에게 연민을 던지거나 머릿속 행정으로 복지정책을 펼치지 않는다. 그러므로 다만 침묵의 언어만이 독거의 존재가 궁리하는 생의 스산함을 데울 수 있을지도 모른다. 시간을 야금야금 갉아먹어 끝내 소비할 수 없는 초침의 낭떠러지에서 인간은 입을 다소곳이 오므린다. 마침표를 가까스로 찍으면서 고요하게 잠들 무렵에서야, 완전히 저 홀로 거리낌도 없이 저물고 부풀어 오르면서 그곳으로 달려간다. 혼자 가는 길은 행복하다. 저만치서 자신을 향해 손짓하는 무리의 표정이 안온해 보일지라도 속내는 그렇지 않다. 나는 그들을 가로질러, 이미 앞질러 세상의 낭떠러지에 서 있다. 그러니 행복하다. 독거는 존재 표현의 거룩한 서 있음이요 수직으로 치솟는 힘찬 맥박이다. 다시는 나를 잡지 마라, 쏘아대는 은근한 제안이요 표식이다.

말년의 양식을 말하지 않을 수 없다. 말년은 생의 끝자락에 놓인 시간대다. 이 시간의 가장자리에 더욱 또렷해지는 자신이 웅크려 있다. 혼자든 여럿이든 누구나 맞이하게 되는 신나는 거거(居居), 이 그리운 자리에 꽃이 활짝 피어난다. 떠나보낸 자들과 스스로 떠나간 자들과 마지못해 손을 흔든 이들의 숨결이 그곳으로 스며든다. 이제는 떠날 시간이다.

지역생명은 로컬리티의 장을 넘어서야 한다.
로컬의 의미장 또한 넘어서야 한다.
생명축전은 경계에 머무르지 않아야 한다.
현장에서 살아가는 모든 인간 주체들이
각자의 다양성과 능력을 유감없이 보여주는 곳에서
생명의 능동성을 찾을 수 있어야 한다.
결국 생명의 축전은
바로 지금 이곳에서 시작하는
지역의 행복한 잔치여야 하는 것이다.

로컬리티, 삶-생명으로서의 축전 현장

- 생명축전은 지역생명운동의 일환이어야 한다

상식적인 말부터 시작하려 한다. 사람들 각자 모두에게 가장 중요한 것은 무엇일까? 여러 대답이 나올 수 있지만, 그 대답을 지탱하고 유지하는 근저에 자리 잡고 있는 것이 바로 '자기 자신'이 존재한다는 인식이다. 그러므로 한 사람의 예외도 없이 어떠한 가치든 그 가치를 잉태하고 산출하게끔 하는 일차적 원인, 바로 생명이 놓이게 마련이다. 이런 점에서 흔히 '생명'운운하면서 사람들을 계도하거나 경각심을 불러일으키는 여러 문구-생명을 지키자, 생명은 소중하다, 생명의 끈을 놓지 말자 등-은, 두말할 필요도 없이 생명의 가장 기본적인 의미로서 '있음/존재'를 전제로 깐다. 즉 목숨이다. 우리는 생명이 '나고 죽는'차원으로만 생각하는 경향이 있다. 살아있으면 생명이고 죽으면 생명이 아닌 것으로 말이다. 물질 자체를 생명체라 여기는 사람은 별로 없을 것이다. 그러면 생명을 지닌 존재와 그렇지 않은 존재에 대한 구분이 명확해진다. 생명을 지닌 존재 가운데서도 인간 생명이 가장 높은 차원에 자리 잡는다. 이런 논법은 우리가 지극히 상식적인 것이라 여기고 있는 무의식적인 생명 논리다. 서구의 철학과 사상이 오랫동안 견지해 온 것도 인간 주체와 자연 대상의 엄격한 구분에 기초한 이원론적인 사고체계이다. 서구 정신에 대한 반성과 비판적 사고를 굳이 이 지면에서 거론할 필요는 없다. 서구 이성에 대한 비판도 어쩌면 또 다른 상식이 되어버린 것 같다. 생명의 논리는 그리 간단하지가 않다. 인간의 협소한 관점에서 이해하기에는 생명의 차원이 어디까지인지 가늠하기조차 벅차기 때문이다. 그런데 막연하나마 철저한 이분법적인 사고에 따라 생명을 말하는 사람들조차도 생명의 규정 불가능성과 신비성을 아주 부정하지는 않을 것이다.

지역 공동체의 문제로 초점을 맞춰보자. 이른바 로컬리티의 범주와 영역을 따지기 전에 생명을 바라보고 대하는 시선 교정부터 필요하다. 생명의 시선 교정은, 지금까지 우리가 상식의 선에서 이해했던 생명 개념의 반성에서 출발한다. 그리고 이는 생명의 반대말인 '죽임'에 대한 고찰로 이어진다. '생명/죽임'의 철저한 이분법적 구분에서 지역공동체의 생명적 순환과 삶의 능동적 참여, 그리고 이에 바탕한 진정한 평화 가능성을 끌어낼 수 있다. '생명'과 '죽임'이란 무엇인가. 생명은 죽음에서 그 의미를 상실하는 것이 아니라 죽임에서 의미를 상실한다. 생명은 하나의 실체가 아니라 생성의 개념으로 이해해야 한다. 실체로 바라볼 때 관념적이고 형이상학적인, 그릇된 생명 이해가 생긴다. 그래서 죽음이 생명과 대립되는 것으로 여기게 되는 것이다. 생성의 개념으로 이해할 때 생명은 죽음을 포섭하고 껴안는 시공간적 영역이다. 이는 '자연(自然)'이라는 말과 생명의 관계를 생각할 때 더욱 분명해진다. 모든 생명체가 나고 죽는 것, 이 모든 과정을 추동하고 보듬는 말로 생명을 이해해야 한다. 이것이 자연적 근거로서 생명의 원리가 된다. 생명의 원리는 순환성, 관계성, 다양성, 자기조직성, 그리고 영성을 바탕으로 한다. 순환성은 직선적인 생명 원리를 토대로 한 서구 인식과 차별화되는 원리다. 시간의 알파와 오메가, 즉 시작과 끝의 지점을 설정하는 기독교의 종말론적 시간관이 오랫동안 서구의 정신세계를 지배해왔다. 이러한 서구적 시간관에 따르면 모든 생명은 시효가 있기 마련이며, 시효가 끝나기 전의 상태에 대한 유의미성을 절대화함으로써 물질적 자연 대상을 수단화하고 소유화하게 된다. 물질세계에 대한 인간의 지배를 정당화하는 논리와도 이어진다. 생명의 순환성을 시작과 끝을 설정하는 직선적인 생명관이 아니라 우로보로스처럼 끝 지점이 바로 새로운 시작점이 되는 시간관이다. 영원히 생성하고 순환하는 원리를 생명은 담지한다. 이는 관계성이나 자기조직성과도 연관된다.

생명의 원리를 지역공동체 운동과 생명 축전에 돌리면 로컬리티의 방향성과 의의가 분명해진다. 우선은 단순하게 '지역성'이라는 개념에 함몰되지 않아야 한다. 지역성에 초점을 맞추면 의도와는 달리 논의가 협소해진다. 지역성이 함의하는 창조적이고 다양하고 생산적인 의미층들이 '지역'이라는 말이 주는 편견(?)에 갇혀버린다는 뜻에서 그렇다. 사정이 이렇다고 해서 그 개념을 버릴 수가 없는 까닭은, 단견과 고정관념으로 바라보곤 하는 지역(성)에 대한 새로운 이해를 바탕으로 지금까지 자본주의 체제에서 경화되고 왜곡된 생명과 공동체적 운동이 갖는 본래 취지를 되살릴 수 있기 때문이다. 모든 실천운동이 지역(로컬리티)을 발판으로, 그곳이 점유하는 공간성과 시간성을 근거로 해서 출발한다는 사실을 알 필요가 있다. 이는 자기 자신이 자리 잡은 삶의 터전으로부터 시작하는 운동이 곧 자발성과 자기합목적적인 근거를 확보하기 때문이다.

여기에서 로컬리티는 보편적인 시공간에서 개별화된 속성을 지니는 것이 아니라, 상대적인 자율성과 특이성을 지닌다. “공간으로서 로컬리티는 전체공간으로 환원될 수 없는 상대화된 자율성을 가지는데, 이는 로컬리티 속에 시간으로 구축되어 뿌리를 내린 토속성vernacular을 기반으로 한다”[49]는 논자의 말도 이와 관련된다. 지방자치제의 제도적 마련으로 지역주민과 자치단체 사이의 소통이 원활해져서 중앙정부의 위계적 행정 관계에서 상대적으로 자유로워졌다고 생각하는 사람은 별로 없을 것이다. 로컬리티의 장에서 벌어지고 획책하는 지역공동체의 자율적인 운동은 철저하고 자기반성적인 의식을 수반하는 데서부터 발원해야 한다. 이미 오래전부터 중앙집권의 정치사회적 전통이 뿌리 깊은 한국의 경우, 자생적이고 자발적인 지역공동체가 별로 없었던 사실을 기억하자. 제도상으로만 혹은 행정적으로만 자치를 부여받았다고 해서 지역민들의 자율성이 보장받는 것은 아니다. 지역공동체의 문제는 곧 그보다 상위 체계인 국가체제의 모순과 자본주의가 지니는 본질적인 속성과 따로 떨어져서 이해해서는 안 된다.

국가와 세계 차원에서 광범위하게 진행되고 있는 자본주의의 확장은, 지역자치 차원에서 전국 곳곳에서 활발하게 번지고 있는 생명운동과 상충할 수밖에 없다. 자본은 ‘생명’이 가는 방향과 어긋나는 쪽으로 가려고 한다. 생명의 원리 가운데 하나가 자기조직성이다. 자기조직성은 외부의 동인(動因)과는 자유롭게 스스로 조직화하려는 성질을 생명이 갖추고 있다는 원리다. 모든 생명은, 스스로 자발적으로 군집하려는 속성을 띠고 이런 군집화의 양상은 전체 계통의 체계에 따라서 움직인다. 즉 개체의 생명은 전체 생명에 귀속되는 것이다. 수직적이고 위계적인 차원이 아니라 수평적이고 평등한 차원으로 차차 수렴해가는 생명의 원리는, 로컬리티 차원의 생명운동을 위해서 생각해봐야 할 사항이다.

생명운동은 '너'와 '나'의 생명이 중요하다는 인식의 문제를 넘어 인간을 포함한 모든 생명체와 자연대상에 내재한 생명의 씨앗을 인식하고 이를 서로 모심으로 존중해서 지금 이곳에서 횡행하는 반인간적·반생명적 글로벌 자본주의의 확장을 멈추는 데까지 나아가야 한다. 이런 원칙이 선행하지 않는다면 지역민의 생명 축전은 단지 이벤트의 차원에 그칠 우려가 있다. 그리고 생명축전을 포함한 생명운동은 지속적으로 행해야 한다. 생명운동은 또한 지역 공동체운동과 맥을 함께 해야 한다. 지역 공동체운동은 단순하게 "전국적 차원의 저항운동이나 일상의 삶을 통해 문제의식을 느끼고 자본과 국가 및 지자체에 대응하는 시민운동이 아니라 생활의 터전에서 자본주의와 국가주의를 뛰어넘는 자립의 경제운동이자 공동체 자치운동이며, 자율적인 공동체적 존재로의 각성과 거듭남을 추구하는 운동"[50]이다. 지역공동체 운동이 생명운동의 큰 기획과 목적 아래 시작된 때는 1980년대 초이다. 생명사상과 운동을 최초로 문서화한 '원주그룹'의 〈생명의 세계관 확립과 협동적 생존의 확장〉이라는 문서 형태로 제시되었으며, 이는 생명운동의 역사 기점으로 잡을 수 있다. 이 문서는 김지하가 기초를 잡고 1981년 여름부터 이듬해까지 장일순을 비롯한 원주그룹의 활동가들이 검토·가필하여 1982년에 완성했다.[51] 원주그룹은 1965년 가톨릭 원주교구의 성장과 함께 지학순 주교와 무위당 장일순을 중심으로 시작한 원주 지역사회운동을 달리 일컫는 말이다. 이들의 면면에서 사회운동과 반독재운동이 생명운동과 궤를 함께했음을 알 수 있다.

한국 현대 지역공동체 운동의 출발이 생명운동의 일환으로 사회운동과 병행한 데서 알 수 있는 사실은, 생명의 문제는 국지적 운동의 차원에서 머무를 수 없고 이는 또한 인간사회의 여러 본질적인 문제들을 함께 끌어온다는 점이다. 즉 생명운동은 근대 이후 철저히 파괴되고 소외당해온 자연의 치유와 함께, 자본주의와 근대국가장치의 왜곡된 시스템으로 말미암은 파괴된 생명윤리의 회복에 목적을 두어야 한다. 생명에 대한 멸시와 억압은, 자연 생명 원리를 담지한 인간 개개인의 본성을 왜곡시킨다. 인간 주체가 자연을 대상화하는 과정에서 빚어진 대대적인 자연 정복과 말살이 고스란히 인간 자신에게 닥친 재앙이 된 셈이다. 한국의 지역공동체 운동이 생명운동과 떼어놓고 성립할 수 없는 까닭도 여기에 있다. 전 세계에서 활발하게 진행되는 지역공동체 운동과는 달리 한국의 경우, 단기간에 급속도로 성장한 산업화·공업화로 말미암은 생태환경의 파괴와, 이와 아울러서 권위적인 군부정권의 오랜 집권에서 일어난 반민주적인 사회구조가 톱니바퀴처럼 맞물린 상태가 오래 지속되었다. 그 가운데 박정희 군사정권의 개발독재와 곳곳에서 벌어진 민주주의를 위한 시민들의 운동이 복합적으로 상충하고 엉키는 과정에서 생명운동이 본격적으로 싹텄던 것이다. 기존의 지역공동체 운동이 민주화운동과 궤를 함께하면서 지역 자립과 분권을 지향하는 형태로 이루어진 것은 자연스러운 결과다. 자립과 분권은 중앙

권력의 비대한 정치적 영향에서 자유로워지면서, 지역공동체의 자율적인 삶-생명의 구현으로 가기 위한 일차적인 시도다. 그런데 물질만능주의가 불러온 경제적 뒤틀림이 사람들에게 자본주의적 욕망을 더욱 부추기는 쪽으로 작용하고, 따라서 역으로 지역생명운동이 지역관광 활성화를 위한 축제로 자리매김 되는 경우를 보게 되는 것이다.

문제는 우리가 지향하는 생명의 가치를 현실 속에서 실현하기 위한 여러 방법을 고안하는 가운데 염두에 두어야 할 점들이다. 지역이든 중앙이든 공동체운동이든 무엇이든 인간이 하나의 생명체로서 지니는 생명원리 중 '다양성'은 시사점을 준다. 사카르가 제창한 프라우트[52]는 자본주의 경제체제에서 발생하는 수많은 문제점을 극복하기 위한 대안적인 사회경제시스템을 고안하면서 다양성에 대한 중요성 또한 밝히고 있다. 다양성은 차별과 배제를 통해서 편협하게, 혹은 '효율적인'방식으로 운영되었던 자본주의적 국가행정시스템을 거부한다. 지금과 같은 사회체제에서는 인간의 자발적이고 능동적인 삶의 참여는 억압받을 수밖에 없다. 이는 생명의 진정한 본질 가운데 하나인 생기로움과 창조적 운동을 방해한다. 인간문화의 실현 또한 제한받게 되는 것이다.

> 프라우트에서 제시하는 사회-경제적 단위들은 사람들의 사회-경제적 욕구뿐 아니라 문화적 열망도 충족시킬 것이다. 문화란 인간이 가진 모든 종류의 표현을 의미한다. 모든 인류에게는 하나의 문화가 있으며, 문화적 표현에서만 차이가 다양할 뿐이다. 표현의 가장 적절한

> 소통 방법은 모국어를 통한 것인데, 그것이 가장 자연스럽기 때문이다. 만일 사람들이 모국어를 통한 자연스러운 표현을 억압받게 되면, 그들의 마음에 열등의식이 자라나게 된다. 그리고 이는 패배주의적 정서를 강화시키며, 결국에는 심리-경제적 착취를 당하게 된다. 그러므로 모국어의 사용이 결코 억압되어서는 안 된다. 사람들의 문화적 긍지를 일깨우고 사회-경제적 의식을 고양시키기 위해서는 어떤 자들이 착취하고 있는지와 심리-경제적 착취의 성격에 대해서 사람들이 잘 알도록 해야 한다. 그렇게 함으로써 그들은 착취에 대항하는 투쟁정신이 가득 차게 될 것이다.[53]

인간이 살면서 영위하는 모든 종류의 표현인 문화는, 문화의 형식이 어떤 것이든 억압받을 이유가 없다. 사카르에게 문화적 표현에서 발생하는 다양한 차이에 대한 인정과 수용은 현시점에서 더욱 필요한 태도이다. 그는 '모국어'를 씀으로써 자신의 표현을 억압받는 상황에서 생겨나는 열등의식이 "패배주의적 정서를 강화시키며, 결국에는 심리-경제적 착취를 당하게 된다."고 한다. 모국어는 일종의 상징일 것이다. 인간의 자발적인 표현 욕구 근저에 자리 잡고 있는 로컬언어라 봐도 무방하다. 즉 획일적이고 표준화된 표현형식이 사람들에게 계층적 위화감을 조성하고, 이런 위화감에 둘러싸여 있는 주변인들에게 패배주의를 확산시킨다. 심리-경제적 착취가 오랫동안 지속됨으로써 문화의 다양성이 발현되지 못하고, 또한 이것이 다시 패배주의를 양산하는 악순환을 겪게 되는 것이다. 사카르에 따르면 지적인 측면에서 일어나는 세 가지 형태의 착취는 다음과 같다.

첫째, 공교육의 경시다. 둘째, 사회·경제적 각성을 진작시키지 않음으로써 착취자들이 착취를 계속할 수 있는 상태를 유지하도록 한다. 셋째, 사람들에게 두려움과 열등의식을 심어줌으로써 대중이 수동적인 상태로 남아 있게 한다.[54] 식민지 지배를 겪은 인도를 비롯한 제3세계 국가들의 문화 부흥의 필요성에 초점을 맞춘 진단이기는 하지만 지금 우리에게도 해당된다. 생명의 다양성은 현 국면에서 한국의 제반 문제들을 숙고하는 데서 전제가 되어야 한다. 정규직과 비정규직의 차별, 영호남 갈등, 성 소수자에 대한 사회적 편견과 멸시, 그리고 각종 경제적 불평등에서 빚게 되는 사회적 분열과 분노 및 절망의 장기화 등은, 문화를 이룩하고 떠받드는 가장 기본적인 생명 천시와 경멸에서 비롯한다. 지역공동체 운동이 앞으로는 지역생명운동으로 확장해야 하는 까닭도 이로써 분명해진다.

생명이 모든 문화와 사회 유지의 밑바닥에 놓여있다는 사실을 인식할 때 '생명축전'이 앞으로 나아가야 할 방향을 잡을 수 있다. 먼저 축전프로그램과는 별도로 축전이 지향하는 메시지를 지역주민들과 지속적으로 공유하면서 확산시킬 수 있는 방안을 숙고해야 한다. 로컬리티의 영역에서 지역축제는 지금까지 자치단체와 지역민, 그리고 이 둘을 이어주는 주최기관이나 단체의 연결고리로 행해진다. 이 가운데 행사의 주체는 결국 지역민일 수밖에 없는데, 지역민의 관심과 참여가 축제의 의미를 부여하기 때문이다. 지역주민이라고는 했지만 연령과 직업과 가치관이 다양하고 제각각이다. 이들 다양한 성향의 시민들을 한데 묶을 수 있는 축전의 현장에서는

'다양성 속의 통일성'이 일시적이나마 구현되는 시점이기도 하다. 여기서 통일성은 차이와 여러 목소리의 획일화가 아니니다. 다양한 가운데 통일성을 지향하는 것이 생명의 원리다. 축전이 전하는 메시지에 응답하는 지역민들이라도 응답의 방식과 형식은 다양할 수 밖에 없다. 굳이 축전 현장뿐만 아니라 삶 속에서 부딪치게 되는 사회정치적 문제에서 역동적인 형태로 반응한다. 로컬리티는 지역민들의 삶 형식이 존재론적인 관점뿐만 아니라 역동적이고 활발한 생성의 관점에서 바라보는 시각을 요구한다.

> 관계성과 역동성을 지닌 로컬의 가치를 읽어내기 위해서는 존재론적 관점뿐만 아니라 생성적 관점에서 다시 사유할 필요가 있다. 이렇게 이해된 로컬리티는 로컬리티 사이의 갈등, 공존 등의 양상을 보이면서 역으로 구성요소들의 존재 및 상호작용 방식에서 영향을 미친다. 따라서 로컬리티는 중층적 복합적이어서 특정 시기와 장소 주체의 성격에 따라 다양한 형태로 발현되기도 하고 잠재되어 있기도 한다.

끝없이 움직이는 생성의 의미를 간직한 로컬리티의 속성에 비추어볼 때 로컬의 장을 전유하는 지역주민들의 역동적이고 관계적인 성질을 적극적이고 긍정적인 방향을 이끌 필요가 있다. 이는 지역민에 대한 계도나 계몽을 말하는 것이 아니다. 지난날 지식인이나 시민단체가 주도해서 결성한 여러 지역협동조합이나 조직들이 지속적으로 지역주민들에게 영향을 확대하지 못하고 답보에 그친 이유 가운데 하나가 지식인주도의 하향식 운동 형태 때문이지 않았던가

반성해야 한다. 사회적 기업의 활발한 활동도 고무적이긴 하나 이 또한 현실적인 한계가 있기 마련이다. 그러니까 생명의 원칙에서 행하는 지역공동체 운동이 현안에만 매몰되지 않고 꾸준하게 의미를 창출하는 방향으로 '성과'를 내기 위한 기획이 필요한 것이다. 일상에서 지역민들과 메시지 공유, 메시지 공유에서 자발적이고 다양성이 용인되는 차원에서 생명의 가치를 널리 확산해야 한다.

다음으로 생명운동은 사회운동과 병행해야 한다. 흔히 정치나 사회문제를 토로하고 비판하기 위한 여러 시민단체의 활동이 배제하고 타자화해온 것이 여성적 가치였다. 남성적이고 위계적인 운동문화를 되돌아볼 필요가 있다. 남성 주도의 운동조직은 생명을 최대의 가치로 지향하는 지역생명운동에서는 오히려 걸림돌이 될 뿐이다. 생명과 자연은 한마디로 단정할 수 없는 복합적인 속성들로 이루어져 있다. 여성성은 생명이 지닌 속성들 가운데 가장 특징적인 기능을 맡는다. 부드러움과 포용심으로 말할 수 있는 여성적인 가치는 곧 생명이 우리에게 던지는 메시지다. 차별과 소외당하는 성 소수자들을 위한 운동이나 비정규직과 임금 불평등 차별에 대한 대대적인 항거와 비판은, 넓게 보면 우리 사회에서 오랫동안 잠식당해 온 각 주체의 다양성과 평등한 삶 윤리를 끌어안자는 요구의 구체적인 표현형식이다. 생명운동이 벌이는 과정에서 지역공동체의 문제의식에서 사회 전체의 문제의식으로 확장하는 가운데 운동의 영속성과 의미를 보장받을 수 있다. 자연-생명-여성으로 이어지는 연결고리를 이해함으로써 지역생명운동의 질과 방향성을 높일 수 있다.

마지막으로 '생명'에 대한 진지한 성찰이다. 생명은 죽임을 넘어서야 한다. 죽임은 생명의 자연스러운 길을 방해하고 억압하는 인위적인 행위다. 생명의 원리를 거꾸로 되돌리려는 잔인한 수작이다. 지역생명은 로컬리티의 장을 넘어서야 한다. 로컬의 의미장 또한 넘어서야 한다. 생명축전은 경계에 머무르지 않아야 한다. 현장에서 살아가는 모든 인간 주체들이 각자의 다양성과 능력을 유감없이 보여주는 곳에서 생명의 능동성을 찾을 수 있어야 한다. 결국 생명의 축전은 바로 지금 이곳에서 시작하는 지역의 행복한 잔치여야 하는 것이다.

미주

제1부

01 2015년 8월 17일 부산대 본관 옥상에서 교내 총장직선제 수호를 외치면서 투신했다. 이하 '고현철'로 표기.

02 고현철, 「사회상황과 시적 방법론」, 『구체성의 비평』(전망, 1997), 70쪽.

03 이 부분은 박상배 시인에 대한 논박 형식으로 쓰인 「메타시의 지나친 유희성을 경계한다 - 박상배 시인의 글에 대한 반론」(위의 책)에서 여실히 드러난다.

04 생태주의와 탈식민주의에 관한 논문과 평론을 묶어서 단행본 『탈식민주의와 생태주의 시학』(새미, 2005), 『재현과 탈식민주의』(국학자료원, 2013)로 펴낸 적이 있다.

05 고현철, 「시적 통합과 시적 감동」, 『탈식민주의와 생태주의 시학』(새미, 2005), 210쪽.

06 고현철, 「비평과 정당한 소통의 문제」, 『비평의 줏대와 잣대』(새미, 2001), 97~98쪽.

07 위의 글, 100쪽.

08 물론 철학·신학을 비롯한 서구 지성사의 영역에서 신의 존재 유무와 관련한 논의들은 지금까지도 꾸준하게 이어져 오고 있다. 다만 여기서는 리처드 도킨스의 저서 『만들어진 신』(김영사, 2007)과 이에 대한 반론 격이라 할 수 있는 테리 이글턴의 『신을 옹호하다』(모멘토, 2010)만을 대상으로 한다.

09 스피노자(추영현 옮김), 『에티카/정치론』(동서문화사, 1994), 11쪽.

10 서양근대철학회, 『서양근대철학의 열 가지 쟁점』(창비, 2004) 362쪽.

11 리처드 도킨스(이한음 옮김), 『만들어진 신』(김영사, 2007) 187쪽.

12 테리 이글턴(강주헌 옮김), 『신을 옹호하다』(모멘토, 2010), 58~59쪽.

13 위의 책, 6~7쪽.

14 박영호 옮기고 풀이, 『진리와 참 나-다석 유영모 명상록』(두레, 2000), 457쪽.

15 M. 엘리아데(박규태 옮김), 『상징, 신성, 예술』(서광사, 1991), 299쪽.

16 『다석어록』, 278쪽(1960), 정양모, 「다석 유영모 선생의 신앙」, 김흥호·이정배 편, 『다석 유영모의 동양사상과 신학』(솔, 2002), 95쪽에서 재인용.

제2부

17 이영준 엮음, 『김수영 전집 2 산문』(민음사, 2018), 498쪽.

18 구상, 오태호 엮음, 『구상 시선』(지식을만드는지식, 2012)

19 위의 책.

20 위의 책.

21 구상, 『나는 혼자서 알아낸다』(시인생각, 2013)

22 위의 책.

23 「풍자냐 자살이냐」, 김지하, 『민족의 노래 민중의 노래』(동광출판사, 1984), 190쪽.

24 위의 글, 184~185쪽.

25 위의 책.

26 위의 책.

27 그의 감옥살이를 말한다. 대담 「민중은 생동하는 실체」에 언급한 이즈음의 투옥 경험은 다음과 같다. "모두 합치면 감옥살이를 7년 남짓 했다. 한일회담 반대 때 5개월 동안 투옥된 것을 시초로 해서, 「五賊」 사건 때 국가보안법 위반으로 1백일(1970년 5월), 民靑사건으로 1년을 살다가 나왔는데(1975년 2월), 27일 만에 다시 들어가 1980년 말에야 형 집행 정지로 석방되었다." 김지하, 『민족의 노래 민중의 노래』(동광출판사, 1984), 207쪽.

28 위의 책.

29 「생명의 담지자인 민중」, 김지하, 『밥』(분도출판사, 1984), 139쪽.

30 위의 글, 139쪽.

31 「민중문학의 형식 문제」, 김지하, 『김지하 전집』(제3권)(실천문학사, 2002), 59쪽.

32 위의 글, 59쪽.

33 위의 글, 64쪽.

34 김지하, 「그늘이 우주를 바꾼다」, 『예감에 가득 찬 숲 그늘』(실천문학사, 1999), 56쪽.

35 위의 글, 65쪽.

36 천이두, 「한국적 한의 역설적 구조-니체, 셸러 등의 르상티망론과의 대비를 통하여」, 『한의 구조 연구』(문학과지성사, 1993), 241쪽.

37 김지하는 그늘의 미적·윤리적 패러다임의 기준으로 서정주를 분석한다. 서정주의 『질마재 신화』 속 민중들이 6·25전쟁 때의 민중의 모습이 아니고 역사를 외면한 자리에 존재하기 때문에 "미당의 '그늘'은 아무리 '멋'이 있어도 삶과 세계와 우주를 바꾸지 못"한다는 말이다. 김지하, 「그늘이 우주를 바꾼다」, 『예감에 가득 찬 숲 그늘』(실천문학사, 1999), 75쪽.

38 김지하, 『사이버시대와 시의 운명』(북하우스, 2003), 51쪽.

39 윤석산 주해, 『동학경전』(동학사, 2009), 175쪽 참조.

40 김지하, 『흰 그늘의 미학을 찾아서』(실천문학사, 2005), 521~522쪽.

41 「깊이 잠든 이끼의 샘」, 김지하, 『꽃과 그늘』(실천문학사, 1999), 225쪽.

42 위의 글, 143쪽.

43 이 글을 쓸 당시 고 임수생 시인(1940~2016)은 생존해 있었음을 밝힌다.

44 『예술부산』 2014년 7월, 47쪽.

제3부

45 김지하의 시 「나에게 한 거스름이」에서 따옴. 김지하, 『시김새2』(신생, 2012)

46 폴 프티티에(이종민 옮김), 『문학과 정치 사상』(동문선, 2002), 176쪽.

47 손택수, 「먼지 구름이 지나간다」 부분, 『시인수첩』 2012년 봄호.

48 시 「고래의 항진」 전문은 다음과 같다. "꼬리로 바다를 치며 나아간다 // 타아앙…… // 갈매기 떼, 들, 들, 갈매기들 날고 // 타아앙…… // 어디 머리가 약간 모자라는 // 돌고래 한 마리도 꼬리에 걸리며//타아앙…… // 자기가 고래인 걸로 잠시 착각한 늙은 // 숫물개 한 마리도 옆구리에 치인다 // 타아앙…… // 입안에 가득 고이는 새우, 새우들, // 타아앙…… // 나는 이미 바다이고 바다는 이미 나이다 // 타아앙…… // 나는 이미 고래이고 고래는 또한 나이다 // 타아앙…… // 분별하려는 것들은 이미 고래가 아니다 // 타아앙…… // 분별하려는 것들은 이미 바다도 아니다 // 타아앙…… // 꼬리로 바다를 치며 나아간다 // 타아아아앙…… // 꼬리로 나를 치며 나아가다, // 타아아아아아앙……"(박남철, 『바다 속의 흰머리뫼』, 문학과 지성사, 2005)

49 조명래, 「로컬리티의 생태학과 생태적 로컬인」, 공윤경 외, 『생태와 대안의 로컬리티』, 소명출판, 2017, 51~52쪽

50 김용우, 「지역 생명 공동체운동의 현재와 희망」, 부산대학교 한국민족문화연구소, 『로컬리티 인문학』 제12호, 2014. 10, 254~255쪽.

51 위의 글, 256쪽의 각주 1 참조.

52 프라밧 란잔 사카르는 1920년 인도의 비하주 자말투르에서 태어났다. 사카르의 집안은 지역사회에서 지도적인 위치에 있었으며, 고대로부터 내려오는 영적 전통을 가진 존경받는 가문이었다. 그는 아버지가 타계한 후 가족을 부양하기 위해 콜카타에서 다니던 대학을 그만두고 1941년에 자말푸르로 돌아와 철도회사에서 회계사로 근무했다. 그는 대략 이 시점부터 고대의 영적 과학인 탄트라 명상을 가르치기 시작했으며, 모든 수련자들에게 엄격한 도덕성을 강조했다. 그는 1955년에 제자들의 요청에 응해 사회적·영적 조직인 아난다 마르가 Ananda Marga(Ananda는 지복, Marga는 길을 뜻한다)를 창설했다. 그리고 1959년에는 프라우트(PROUT, Progressive Utilization Theor : 진보적 활용론)을 발표했는데, 이는 모든 사람들의 복지를 위해 사회와 경제를 어떻게 재구성해야 하는지를 담은 청사진이었다. 다다 마헤슈와라난다 지음, 다다 칫따란잔아난다 옮김, 『자본주의를 넘어(프라우트 : 지역공동체, 협동조합, 경제민주주의, 그리고 영성)』, 한살림, 2014, 28~29쪽.

53 P.R. Sarkar, “Developmental Planning”, Protist Economics(Calcutta : Ananda Marga Publications, 1992) p. 198. 위의 책, 400쪽.

54 위의 책, 401~402쪽.

사랑의미메시스

지은이	정훈
초판 1쇄 발행	2020년 09월 20일
펴낸곳	두두
펴낸이	윤진경 · 장현정
문학주간	박형준
편집	박정오
디자인	최효선 · 전혜정
마케팅	최문섭
종이	세종페이퍼
인쇄제작	영신사
등록	2018년 04월 11일(제2018-000005호)
주소	부산 수영구 광안해변로 294번길 24 지하1층
전화·팩스	070-7701-4675, 0505-510-4675
전자우편	doodoobooks@naver.com

Published in Korea by DooDoo Publishing Co, Busan.
Registration No. 2018-000005.
First press export edition September, 2020.
Author Jung Hoon
ISBN 979-11-964562-8-3 93800

※ 가격은 겉표지에 표시되어 있습니다.

※ 도서출판 두두는 지속가능한 환경과 생태를 위해 재생 가능한 종이를 사용해 책을 만듭니다.

이 도서의 국립중앙도서관 출판예정도서목록(CIP)은 서지정보유통지원시스템 홈페이지(http://seoji.nl.go.kr)와 국가자료종합목록 구축시스템(http://kolis-net.nl.go.kr)에서 이용하실 수 있습니다. (CIP제어번호 : CIP2020039283)